North Sentinel

A. Y. G

North Sentinel

ISBN numérique : 979-10-405-0596-9

EAN papier : 9791040505976

Librinova

Courriel : contact@librinova.com
Internet : www.librinova.com

A. Y. G

North Sentinel

ISBN numérique : 979-10-405-0596-9

EAN papier : 9791040505976

Librinova

Courriel : contact@librinova.com
Internet : www.librinova.com

Pour la génération de tous les possibles.

Partie 1 : Diffusion

6 ans avant le Basculement

Thèses du Dr Swann :
Publication universitaire année 2023

Extrait de North Sentinel :
Introduction

Il existe dans le golfe du Bengale de l'océan Indien, une île d'une superficie inférieure à 60 kilomètres carrés appelée North Sentinel. *Officiellement sous protection indienne depuis moins d'un siècle, ce territoire souverain a été définitivement interdit d'approche depuis 2010. La raison de cet isolement réside dans la volonté ferme de ses occupants à ne laisser approcher aucun étranger de ses berges. Jusqu'à présent, chaque individu ayant tenté de rentrer en contact avec les insulaires s'est vu pourchassé par des lances aiguisées et ainsi, pour seule issue de cette rencontre, une mort certaine. Le peuple des «* Sentinelles *» s'est ainsi préservé du monde moderne depuis environ soixante mille ans et vit totalement reclus de notre civilisation sur cet espace restreint. Aucun échange commercial ou culturel n'a jamais été relevé entre ce groupe d'êtres humains et le reste du monde. La totale autarcie de ce peuple nous permet d'avoir une expérience profondément réelle de la notion d'autonomie. En effet, l'île possède des ressources limitées en nourriture et en énergie, or d'après nos estimations, le nombre de Sentinelles, autour de 150 individus, semble parfaitement stable. Ils auraient ainsi réussi à vivre en équilibre avec leur environnement de telle sorte que leur consommation ne dépasse jamais le seuil critique de la production naturelle.*

Il nous est donc permis de se demander quels sont les facteurs de leur réussite et de s'en inspirer pour retrouver l'harmonie entre le mode de vie de l'humain moderne et l'évolution naturelle de notre planète.

***

La dimension temporelle soumet l'univers à la règle de l'évolution permanente et continue de toutes ses structures. Inexorablement, notre monde avance vers un avenir inconnu et pourtant certain qui régira le présent de toutes les matières le composant. N'en déplaise à nos plus grands romanciers de science-fiction, il n'existe à ce jour, et sûrement jusqu'à l'extinction de notre espèce, aucun contrôle possible de ce paramètre existentiel. Cette constante est donc le moteur de la création de la vie. Elle est le fruit du temps et d'une ressource énergétique non identifiée. Puisqu'il impose une fin à tout commencement, il crée une dynamique d'action de chaque organisme. Il est d'ordre philosophique, mais je pense également scientifique, de se poser la question de la conséquence de chaque acte réalisé dans l'espace-temps qu'il lui est donné et d'en tirer les conclusions de son niveau de variation sur le futur qui l'intéresse. Nous pouvons tenter de quantifier cela selon deux axes : le potentiel d'action d'un geste et la quantité d'acteurs le réalisant. Nous pouvons nous rendre compte que la courbe est exponentielle si l'on augmente l'un des deux facteurs. Nous pouvons tirer la conclusion que si nous voulons changer aussi rapidement que radicalement le monde dans lequel nous vivons, la seule solution réside dans une suractivité massive.

Nous avons pu faire cette expérience ce dernier siècle avec la révolution industrielle. L'augmentation fulgurante de la quantité d'êtres humains et de sa récente surexploitation des ressources terrestres a créé un changement radical de l'équilibre de notre écosystème. Ce qui fut construit en 5 milliards d'années fut bousculé en l'équivalent de quelques secondes. Il est particulièrement difficile d'imaginer les variations extrêmes de notre planète dans une période si réduite. J'ai conscience que la finalité de cette course est au péril des autres vies partageant notre monde et je remets en doute notre droit de bouleverser le leur sans consentement. Nous provoquons sans réel envie une finalité que nous ne maîtrisons pas.

Je souhaite proposer à travers cet ouvrage un modèle sociétal qui semble plus enclin à prédire l'évolution des systèmes biologiques et ainsi à retrouver le contrôle au cours des années à venir. Ce travail est la conclusion d'une recherche approfondie d'un rééquilibrage du partage des biens que nous avons spolié aux autres vivants. Les analyses présentées sont le résultat de simulations bio-informatiques programmées selon différents variants et protocoles applicables à notre espèce. Des spécialistes en psychologie, en économie, en philosophie, en biologie, en médecine, en démographie et en climatologie ont été conviés pour valider la faisabilité du modèle proposé.

Janak et Arun, New Dehli, Inde

« Peu importe ce qu'on pourra vous dire,
les mots et les idées peuvent changer le monde. »
Le cercle des poètes disparus

La première fois que Janak découvrit l'ouvrage à succès du Dr Swann *North Sentinel*, c'était sur internet. Au détour d'une publicité sur Twitter, un article évoquait le succès fulgurant du livre et les inquiétantes révélations sur l'éventuel sort de notre planète.

Il n'était sûrement pas là par hasard, l'application ciblait parfaitement ses centres d'intérêt et notamment son engagement pour l'écologie. Il suivait avec attention les nouvelles découvertes scientifiques et s'était abonné à plusieurs revues en ligne sur le sujet. L'article était plutôt à la faveur de l'auteur, une jeune femme brillante d'origine vietnamienne diplômée de Cambridge. Avec son tailleur cintré et son apparence de femme d'affaires bien apprêtée mais souriante, elle renvoyait une image attrayante pour soutenir la cause. Janak cliqua sur le lien pour acheter le livre ce qui le fit apparaître presque instantanément dans la bibliothèque de sa liseuse numérique.

Le jeune homme, âgé de vingt-trois ans, était étudiant en informatique appliquée à la finance dans la ville de New Delhi en Inde. Intelligent, curieux et toujours disponible pour ses proches, il était très apprécié de son entourage et avait réussi à décrocher une bourse d'étude inespérée pour sa condition. Son éternelle bonne humeur était le reflet d'une famille aimante et protectrice de confession musulmane originaire du nord du pays, qui avait su se hisser jusqu'en banlieue proche avec courage, labeur et dignité. Dans son école, il avait toujours été différent. Son intérêt pour l'informatique et son air de petit génie corpulent faisait de lui une cible idéale pour les moqueries et même parfois les provocations physiques. Son air de gentil et sa bouille ronde avaient tendance à le sauver dans de nombreuses situations mais la plupart de ses pauses il restait isolé dans une salle de classe vide pour élaborer des codes de triche sur ses jeux en ligne favoris, grâce au providentiel ordinateur de l'établissement. Féru de technologie, il avait passé ses étés à travailler dans une boutique de réparation et vente de PC pour pouvoir acheter les objets qui le transportaient dans l'univers de l'actualité et des sciences. Il partageait la plupart de son temps avec Arun, son ami de toujours, qui habitait l'appartement deux étages en dessous du sien. Les compères avaient passé leur jeunesse dans la chambre de l'un ou de l'autre à geeker entre deux goûters préparés par leur mère respective. Enfants uniques, chacun y avait trouvé une relation fraternelle. Les parents de Janak appréciaient particulièrement cet enfant timide et freluquet qu'ils considéraient presque comme le leur, eux qui n'avaient pu réaliser leur rêve de famille nombreuse, emportés par les heures supplémentaires sous-payées accumulées tout au long de leur vie. La mère célibataire d'Arun était toujours la bienvenue aux repas de famille, surtout après ses longues journées exténuantes à l'hôpital. Tout ce petit cercle s'apportait soutient et affection au quotidien.

Devenu professeur en développement informatique pour une grande entreprise de recrutement, Arun avait aménagé dans un studio grâce à son nouveau salaire. Ils en avaient bien rigolé ensemble :

« Comme quoi toutes ces heures sur l'ordi ont mené à quelque chose ! »

Sa mère avait autant pleuré pour sa remise de diplôme

que pour son déménagement.

Il faut dire que pour elle, Arun était le centre de son monde. Quand elle était tombée enceinte, son compagnon l'avait quitté pour ne pas avoir à assumer son rôle de père. Elle vivait son célibat comme une certaine forme de liberté et ne s'en était jamais plainte, parfaitement satisfaite du foyer qu'elle formait avec son fils et ses voisins choisis pour famille, malgré les difficultés financières.

Leurs relations étaient plutôt bonnes, bien qu'à l'adolescence le garçon se fût renfermé dans son esprit aux enclaves labyrinthiques qui n'ouvrait que peu de portes à la communication. Malgré les tentatives de sa mère, Arun se confiait rarement, plus parce qu'il pensait que le fait de raconter sa vie n'avait que peu d'intérêt, que par la pudeur ou la timidité qu'on lui attribuait facilement à tort. Il avait plusieurs fois ressenti l'impression de vivre ses relations sociales en dehors de son corps, un peu comme s'il observait la scène présente en planant quelques mètres au-dessus. Cependant, en présence de son ami, le garçon se sentait parfaitement à l'aise, comme si Janak était la partie de lui qui interagissait naturellement à sa place. Ce dernier en était conscient et appréciait son statut d'orateur car lui-même avouait la faiblesse de sa rationalité face à l'esprit aiguisé d'Arun. Le binôme fonctionnait donc par complémentarité, l'un enclin à imaginer des plans et l'autre à les réaliser.

Janak quant à lui, vivait toujours chez ses parents. Simple stagiaire dans une banque multinationale, son salaire n'était pas encore suffisant pour prétendre à son indépendance. De toute façon il souhaitait économiser au maximum pour investir dans des produits financiers qu'il espérait lucratif dans un court délai, comme notamment la cryptomonnaie, qui prenait de l'ampleur sur le marché monétaire indien depuis qu'elle avait été officiellement autorisée en 2022.

Janak avait bien sûr tout de suite parlé de North Sentinel à son meilleur ami. Ils le dévorèrent en quelques jours et tous les deux furent conquis par les élucubrations de la scientifique.

« Y'a encore tellement de vieux qui sont attachés à leur petit confort et à tout ce qu'ils ont connu. Mais bon, eux, ils vont crever dans pas longtemps et ce sera nous qui paierons le prix. C'est super injuste qu'ils aient une vie insouciante et qu'ils répandent le chaos sans se soucier de ce qu'ils laissent derrière eux. *Après moi le déluge.* Bande de cons. »

Bien que très extrême dans certains points de son programme, ils adhéraient au fait que seule une restructuration complète du monde pourrait sauver ce qu'il en reste. Elle leur promettait une société plus respectueuse de l'environnement et plus égalitaire socialement. Le lien entre écologie et égalité sociale était la clé d'une transformation réussie. Ils étaient conscients que leur pays souffrait d'un écart de richesse extrême et qu'il était arrivé aux limites d'un système de castes qui n'offrait aucune chance aux âmes mal nées. Bien qu'eux-mêmes possédaient le privilège d'avoir un cadre familial propice à la réussite en plus d'une volonté inébranlable de s'en sortir, il était impossible d'ignorer la misère humaine qui entourait leur quartier populaire. Les bidonvilles et les montagnes de déchets dans lequel déambulaient des enfants affamés laissaient dans l'air ambiant une odeur âcre d'humiliation et de détresse macabre.

Linda, Conakry, République de Guinée

« Tu penses me connaître,
je fais encore connaissance avec moi-même. »
Hornet la frappe

Linda jeta un coup d'œil à sa montre : 19 h 53. Dans sept minutes, les résultats du deuxième tour présidentiel de la République de Guinée seraient dévoilés dans tout le pays. La candidate sentait l'euphorie électriser ses veines. Femme politique très engagée socialement et écologiquement, elle est donnée favorite aux sondages. Bien que ses convictions soient discréditées par un grand nombre de ses adversaires, elle a confiance en son peuple et incarne à elle seule l'espoir de la modernité culturelle et économique du pays.

« C'est bientôt ton heure. »

La voix douce de son mari, Aly, résonna dans ses pensées avec force. Il l'avait soutenu tout au long de sa campagne envers et contre les schémas traditionnels. En effet le Code civil guinéen stipule que *le mari est le chef de famille* et on leur reprocha ainsi régulièrement ce manquement fondamental. Les médias n'avaient pas hésité à souligner les absences de la candidate auprès de sa fille de 6 ans et de son fils de 18 mois. Quelques acharnés avaient même récupéré des clichés de son mari, musicien mais en ce moment surtout homme au foyer, changeant des couches ou frotter les baies vitrées de leur appartement de Conakry.

Ils s'étaient rencontrés adolescents sur la belle plage du Gouverneur lors des congés de Noël. L'eau était froide au goût de la jeune Linda et elle hésitait à tremper plus qu'une cheville dans l'écume mousseuse qui allait et venait au fil des vagues. Alors qu'elle ne se laissait plus que quelques minutes d'hésitation avant de s'y aventurer, un groupe de garçons de son âge déboula bruyamment près de sa serviette. Ils jetèrent précipitamment leurs vêtements et se lancèrent aveuglément dans les remous glacés en criant d'enthousiasme et de frissons. À leur passage, la jeune fille fut abondamment éclaboussée contre son gré et rejoignit ses affaires sur le sable pour se sécher dans l'indifférence générale des responsables. À la traîne vis-à-vis de ses amis, Aly était encore en train de se changer quand il aperçut la scène du coin de l'œil et la stature élégante de la victime attira sans conteste son intérêt. Il s'excusa de la maladresse et ne la quitta pas de l'après-midi, enchaînant les sujets de conversation pour attirer l'attention de la sirène qu'il espérait séduire. Amusée par ses efforts, Linda lui avait accordé la sollicitude qu'il semblait mériter.

L'amourette s'éternisa ainsi au fil des années et des kilomètres de séparation lors de leurs études respectives.

Contrairement aux hommes qu'elle avait rencontrés lors de sa brillante ascension, lui n'avait aucun désir de gloire. Le seul pouvoir qu'il désirait exercer sur les autres était celui de la transe musicale, faire danser et chanter ses spectateurs aux rythmes de ses envies. Sa carrière se résumait à quelques représentations dans des concerts locaux et sa participation dans plusieurs projets associatifs. Linda admirait la façon dont il maniait les mots avec subtilité pour qu'ils pénètrent délicatement l'esprit. Elle lui demandait d'ailleurs toujours une relecture de ses discours et il y ajoutait une touche de sensibilité qui faisait monter en flèche sa popularité.

Il est vrai que la communication n'était malheureusement pas son point fort. Atteinte d'une légère forme d'autisme Asperger diagnostiquée que très tardivement, son esprit enregistrait les informations avec une précision mathématique alors même qu'il perdait tous ses moyens face aux relations humaines. Elle cachait une fragilité émotionnelle qu'elle apprivoisait chaque jour un peu plus à force d'efforts conscients et minutieux. Malgré sa position, elle ne pouvait assurer sereinement les grands rassemblements et les bains de foule réveillaient en elle son agoraphobie. Parfois, quand la journée était trop intense, elle devait s'enfermer plusieurs heures dans une pièce sombre pour calmer la pression exercée sur sa poitrine. Aly savait reconnaître ses interludes solitaires car il était le seul garant de son secret et endossait ce rôle avec beaucoup d'implication et de patience.

Avant de découvrir sa particularité, Linda pensait qu'elle avait un problème. Elle croyait sincèrement être de nature faible et excentrique, malgré le sentiment intérieur que ses réflexions avaient un sens pertinent. Elle ne savait jamais si elle devait dire ce que son esprit produisait ou si cela pouvait la rendre marginale. Elle prit donc l'habitude de copier l'attitude et l'axiome de ses interlocuteurs pour interagir correctement avec chacun et entrer ainsi dans le moule relationnel commun. C'est au cours de ses études qu'elle s'interrogea plus fermement sur sa nature profonde et qu'elle put mettre un nom sur son métabolisme cérébral. Le soulagement fut immense et l'acceptation d'elle-même pu enfin se distiller au cours de l'apprivoisement du phénomène. Sa différence se transforma en force car elle sut qu'elle avait un réel potentiel et osa enfin affirmer le fruit de ses raisonnements, qui furent accueillis avec beaucoup d'admiration par son entourage et ses professeurs.

La salle réservée par le parti avait été choisie avec soin pour refléter les convictions politiques de la candidate. Entièrement alimenté par l'énergie solaire, chaque matériau de construction du bâtiment provenait d'une production respectant le développement durable. Engagée auprès du mouvement écologiste depuis le début de sa vie politique, Linda apporta un élan d'efficacité et de dynamisme à ce petit groupe d'idéalistes. Les sondages avaient progressivement basculé au cours des années en suivant la tendance internationale vers l'intérêt croissant pour contrer le dérèglement climatique. Elle s'était imposée comme leader par ses propositions innovantes et économiquement viables. Son électorat se composait d'une population jeune et en demande de reconnaissance sur la scène internationale. Elle représentait également le mouvement féministe guinéen, profondément marqué par un passé de violence avec les mutilations génitales mais aussi par les cicatrices laissées par les sévices perpétrés au stade de la capitale le 28 septembre 2009 par des militaires s'étant emparés du pouvoir. Pourtant qu'ils soient malinkés, peuls ou soussous, tous étaient réunis sous le drapeau du pays qui tire son nom du mot « femme ».

Lorsque le visage de Linda apparu en vainqueur sur l'écran géant, c'est tout l'espoir d'un peuple qui s'éleva bruyamment et fièrement aux yeux du monde.

Yugo et Keith, Tokyo, Japon

« Tout paraît tellement plus beau
quand on s'enivre dans le noir. »
Klub des losers

« Je vais me chercher un thé, tu en veux un ? »

L'accent jovial de sa collègue fit sortir Yugo de sa fiévreuse concentration. La jeune fille aux cheveux châtains et aux yeux verts se tenait debout devant son bureau avec son sourire éclatant habituel. Son expression enjouée et son regard limpide avaient le pouvoir de décontenancer le jeune trader japonais en une seconde. Ses joues s'embrasèrent, il baissa rapidement les yeux et passa une main embarrassée dans ses cheveux raides qui ne se décoiffaient pourtant jamais.

« Salut Keith, je ne t'avais pas vu arriver... Un thé ? Euh, non merci ! »

Elle s'approcha légèrement de lui et posa discrètement une main sur son épaule.

« Tu as l'air fatigué, viens prendre une pause avec moi. »

Bien que la proposition fût plus qu'alléchante, Yugo déclina. Certes ses paupières se fermaient de façon excessive pour humidifier au maximum ses yeux asséchés par les trois écrans lumineux de son ordinateur, son poignet était raide de crampes à force de manipuler sa souris et ses lombaires lançaient des cris aigus du côté droit de sa colonne vertébrale courbée, mais il était inconcevable pour tout bon trader de *Mitsui & Co* de prendre une pause à 19 heures en plein réveil des marchés boursiers américains. Mais Keith était de nationalité australienne, elle avait toujours l'air fraîche et décontractée comme si elle revenait d'une balade sur les quais de Sydney.

Elle était arrivée dans la compagnie l'année précédente et avait tout de suite suscité des sentiments partagés chez ses collègues. Les plus arrogants avaient décrété qu'elle n'aurait jamais les capacités pour rester, les plus acharnés de travail disaient qu'elle ne tiendrait jamais la cadence et les autres pensaient que sa plus haute compétence resterait sa sympathie. Pourtant, alors que tout ce petit monde l'épiait quand elle prenait ses pauses deux fois par jour, qu'elle sortait entre midi et deux pour déjeuner dehors et qu'elle répondait à sa mère qui l'appelait tous les jours à 11 heures précises, elle avait fait ses preuves en faisant gagner plusieurs millions de dollars à l'entreprise en réalisant un coup de maître sur la spéculation du soja. Depuis, elle avait obtenu le respect et un peu d'agacement de la part de son public.

Yugo quant à lui, avait eu un petit faible pour elle dès sa première semaine. Il avait été désigné pour lui enseigner quelques rudiments de leur logiciel et des caractéristiques propres à l'entreprise. Lui qui était toujours studieux et discret, était tombé sous le charme de cette jeune femme joyeuse et pleine de vie. Elle était curieuse de tout et toujours de bonne humeur, comme si le cours d'eau des évènements s'écoulait doucement entre ses mains. Yugo admirait sa confiance en elle et la façon dont elle abordait son futur avec de nombreux projets divers et variés, un peu confus mais plein de positivisme. Leur relation était simple et belle et Yugo espérait secrètement qu'elle ressentait la même chose. Et en effet, la jeune femme venait toujours le trouver de sa propre initiative et lui envoyait des signes d'affection qui ne trompaient personne.

Yugo était un beau jeune homme authentiquement japonais. Il était grand, avec des traits fins et réguliers, un nez aquilin et droit, des yeux sombres perçants mais doux. Malgré son peu d'activités physiques, son corps longiligne était sculpté naturellement. Cependant, son apparence ne reflétait pas du tout sa personnalité. Il était humble et discret et avait toujours l'impression de maîtriser son corps de façon gauche, ce qui lui donnait peu de confiance en lui. Son sourire timide et son regard innocent lui accordaient énormément de crédit dès la première rencontre.

Ses parents étaient fiers de lui, et bien qu'il eût l'impression de n'avoir jamais rien fait pour, il était entouré de beaucoup d'amis. Son physique avantageux lui accordait les faveurs de nombreuses de ses amies japonaises qui mettaient en œuvre de véritables stratagèmes pour le séduire. Cela l'embarrassait bien plus que cela ne le flattait et il avait vécu seulement quelques petites histoires auxquelles il n'attachait que peu d'importance.

Keith, elle, avait déjà vécu un grand amour. Elle lui avait raconté une fois avec passion alors qu'ils étaient allés manger un bol de soupe ensemble en sortant du bureau. Son manque de pudeur sentimentale exerçait étrangement beaucoup d'intérêt chez Yugo. Elle semblait tellement réelle, sans masque de fierté si couramment porté par les femmes japonaises. Elle avoua sans complexe son abandon dans cette passion, sa déception et sa détresse face à la trahison. Yugo se rendit compte qu'en effet il pouvait lire sur son visage tout ce qu'elle avait vécu et que cela la rendait d'autant plus belle. Bien que ses traits étaient quelque peu irréguliers, ses yeux brillaient d'un feu vert vif, son sourire chassait les ombres à des kilomètres et son corps athlétique aux formes généreuses ne pouvait le laisser indifférent. C'était une beauté chaleureuse sans extravagance qui bouleversait le cœur du trader.

Avec deux parents intellectuels, Yugo a suivi un parcours scolaire excellent. Sa mère était une politicienne locale au caractère bien trempé. Elle menait de front des combats idéologiques sûrement trop précoces pour son époque. Très engagée socialement, elle avait fait partie de la mairie de sa ville durant près de 15 ans. À cette époque, Yugo était gêné quand ses camarades de classe lui parlaient des polémiques de sa mère et même quand il vouait aux mêmes convictions qu'elle, il n'avait pas le courage d'y être associé. Il s'enfonçait dans sa chaise et priait pour que la discussion cesse au plus vite.

Son père, lui, était doux et très diplomate. Il ne s'opposait jamais aux virulents apartés de son épouse et répondait toujours avec une phrase amusante qui désamorçait le conflit. Enseignant en littérature classique japonaise, ses élèves ne manquaient jamais de faire ses louanges. Il passait le plus clair de son temps à lire, parlait cinq langues et avait de solides bases en histoire de l'art asiatique. Yugo était à l'aise à ses côtés, leur écosystème était paisible et bienveillant.

Depuis son départ de la maison, Yugo rendait visite toutes les semaines à ses parents. Il se débrouillait toujours pour finir plus tôt un soir de semaine et relier en train les quelques kilomètres qui les séparaient. Il adorait l'instant exact ou la porte s'ouvrait et ses parents l'accueillaient comme s'il revenait de l'autre bout du monde. Il se ressourçait dans l'intimité du foyer familial et la matinée suivante était toujours la plus productive.

Eisel, Paris, France

« L'esprit est la chose la plus dramatique à perdre,
Car la valeur d'un homme se mesure
au poids de ses pensées. »
Akhenaton

Les scintillements de Paris endormi apaisaient Eisel. C'était le moment le plus propice pour travailler selon lui, et de toute façon, personne dans son bureau d'architecture n'oserai lui dire le contraire. Il gouvernait d'une main de maître son petit empire durement conquit et faisait régner l'ordre tel un souverain ferme mais à l'écoute. Son équipe l'appréciait pour son talent mais sans doute encore plus pour sa renommée. Il avait en effet érigé de l'essence de ses pensées et du bout de sa plume des monuments somptueux à travers le monde devant lesquels les touristes se prenaient fièrement en photo. Son nom de famille était déposé telle une marque de luxe et même certains homonymes avaient tenté de lui dérober quelques fortunes sous prétexte d'un lien de parenté qui fut rapidement démenti par ses puissants avocats.

Malgré toutes les conditions réunis pour un labeur productif, Eisel ne parvenait pas à se concentrer. Son esprit vagabondait autour de son rendez-vous professionnel de la veille qui avait pour but de valider le financement de son nouveau projet. Il s'était confronté à plusieurs sentiments qu'il n'avait pas ressenti depuis bien longtemps.

Tout d'abord, et pas des moindres, le désir. Le directeur financier du groupe de promoteurs Kaufman and Broad, était un homme âgé d'une quarantaine d'années répondant au nom de Thomas, avec un charisme naturel déconcertant. Ses paupières filtraient son iris ébène qui vous transperçait jusqu'à l'âme. Son sourire franc et droit s'unissait à sa peau dorée pour le faire briller. Face à cette présence céleste, l'architecte se sentait vieux et décadent mais son cœur était inexorablement rempli d'espoir.

Attiré par les hommes depuis sa puberté, Eisel n'a pas toujours accepté son homosexualité. Originaire d'une famille juive orthodoxe venue se réinstaller à Berlin après avoir fui le régime nazi, il porte en lui toute la tradition d'un peuple persécuté et soucieux de préserver les bribes d'une culture en péril. Il avait longtemps culpabilisé d'être dans l'incapacité de perpétuer les convictions de ses ancêtres morts pour sa cause. Le processus d'acceptation personnel n'a pu être fait que loin de sa famille, à Paris, ville de la liberté et de l'amour. Alors seulement, il a su goûter à quelques instants de douceur et de passion mais il n'a quand même jamais réussi à vivre pleinement une vie de couple assumée. Ce n'est qu'une fois sa vie professionnelle érigée et son talent certifié par ses pairs qu'il accepta d'en parler ouvertement grâce à une mouvance homosexuelle libérée dans les milieux bourgeois qu'il se mit à fréquenter. Il regrettait quand même de toujours ressentir la culpabilité d'être incapable de transmettre son éducation religieuse à ses descendants. Ses parents avaient vécu toute leur vie dans le déni des choix de leur fils, et le sujet ne fut jamais abordé de leur vivant. Le consensus était signé de façon tacite avec tous les membres de la famille et Eisel ne voulut jamais lutter contre.

Mais hier, cet homme avait ravivé en lui une volonté de séduire et d'attirer son attention. L'architecte de renom avait l'habitude de susciter chez les jeunes gens qu'il rencontrait de l'admiration mais l'homme de la veille ne semblait lui porter seulement qu'une grande marque de respect. Après tout, il devait sûrement être marié et père de famille, bien loin des préoccupations hormonales de son homologue.

Ensuite, il avait aussi ressenti l'un des pires sentiments que peut connaître l'humain, l'humiliation. Après avoir présenté avec panache son projet pharaonique de palais d'exposition, son public resta perplexe. Un silence gêné s'empara de l'assistance que seul lui-même pouvait briser :

« Alors Messieurs, qu'en pensez-vous ? Je suis ouvert aux questions et aux propositions vous savez. »

Quelques-uns échangèrent des regards et ce fut finalement "son amoureux" comme il se surprit à l'appeler mentalement qui lui répondit :

« Merci pour cette magnifique présentation, votre créativité est toujours un régal pour les yeux. Cependant, et bien que je parle au nom de mon statut de financier je pense retransmettre les pensées de tous nos collaborateurs, nous souhaitons désormais répondre à une demande croissante en matière de constructions éco-responsables. Les investisseurs souhaitent promouvoir une vision moderne et durable des bâtiments accueillant du public. La pression de l'opinion des usagers est essentielle à son attraction et à sa future visibilité. Nous devons nous inscrire dans le mouvement écologique que prône notre jeune public qui suit les idéologies de *North Sentinel.* Nous ne pouvons pas nous permettre de perdre ce nombre de consommateurs qui ne cesse d'augmenter.

— Oui Eisel, désolé mon vieux, mais t'es à côté de la plaque » trancha Richard, l'un des promoteurs qui collaborait avec lui depuis plusieurs années. « Plus personne ne veut aller à Las Vegas, tu vis dans l'ancien monde. »

Ce fut un moment particulièrement douloureux pour Eisel, la prise de conscience de sa vulnérabilité sociale. Toute sa fierté était tombée d'un seul coup, comme si l'acteur perdait son costume en pleine scène.

Il se courba de nouveau sur ses planches. Qu'entendaient-ils par *ancien monde* ? Il avait participé toute sa vie de manière active pour construire le monde nouveau et voilà que toute son expérience ne suffisait plus. Il se sentait las, fatigué de courir depuis des années sous le regard critique de ses mécènes. Il tapota sur son clavier pour rechercher quelques matériaux plus enclins à répondre à leur demande, mais cela ne l'inspira pas du tout. Il ne savait pas si c'était son agacement pour le style suédois complètement sur-coté à son goût ou bien sa répulsion pour les couleurs neutres et fades des intérieurs impersonnels qui défilaient sur son écran, mais sa gorge ne cessait de se serrer jusqu'à l'étouffer.

Il se leva, fit les cent pas dans son bureau puis attrapa une bouteille de gin qu'on lui avait offerte la semaine précédente. L'élixir brûla son gosier et dégagea légèrement ses voies respiratoires. Il se servit un deuxième verre et s'installa de nouveau dans son fauteuil. Son esprit vagabonda jusqu'à un souvenir heureux du début de sa carrière, le premier article de presse louant ses mérites. L'article disait alors : « *Jeune prodige venu de Berlin, il a fait ses armes dans la grande maison d'architecture Willmote et associés avant de créer son propre cabinet dans le 16e arrondissement de Paris. Avec ce nouveau projet, il compte bien défier les lois de la gravité par le porte-à-faux le plus long jamais réalisé. Une merveille architecturale qui promet de faire encore parler d'elle.* »

Il se souvient que ce jour-là, son compagnon du moment lui avait préparé un dîner aux chandelles avec l'article découpé et posé sur son assiette. Ils avaient passé une soirée merveilleuse, se promettant une éternité de gloire à partager. Il avait appelé ses parents qui pudiquement l'avaient félicité tout en lui rappelant l'importance d'une vie humble et charitable. Dans les mois qui suivirent, il commença à connaître l'opulence et la notoriété.

Cette période fut lourdement ombragée par le poids de son éducation et la tristesse de n'être soutenu que par des gens qui comptaient finalement bien peu à ses yeux. La frustration de ne pouvoir rendre fier ses proches alors que le monde entier lui faisait entendre qui le méritait. Il rendait visite à sa famille deux fois par an à l'occasion des fêtes de Pessah, la Pâques juive, et celle de Kippour, le grand pardon. Il ne restait qu'une nuit à chaque fois et ne racontait finalement pas grand-chose à ses frères et sœurs. Le simple fait de parler yiddish l'infantilisait immédiatement inconsciemment. Il n'était plus que le petit dernier de la fratrie, celui qui n'avait pas su suivre les pas du divin. On s'inquiétait pour lui bien que l'on économisât en un mois ce qu'il gagnait en un jour. Son frère et sa sœur vivaient en banlieue berlinoise, l'un assureur, l'autre professeure des écoles et chacun avait épousé un semblable convenable de la communauté. Les neveux et nièces portaient les cheveux longs et l'innocence de l'absence des décisions cruciales de la vie. Ils étaient pour Eisel le seul espoir de ne pas être l'unique membre de la famille qui oserait sortir du schéma rassurant de la tradition. Il était l'angoisse de ses parents et le petit frère capricieux et inconscient qui n'aurait jamais la tête sur les épaules. Il acceptait cette position sans rechigner, bien lucide sur lui-même dans son cadre parisien mais bien moins certain de ses propres convictions lorsqu'il s'évadait de sa bulle mondaine enchantée.

C'était toujours à Berlin que la question de la paternité lui rongeait les entrailles. Bien qu'il n'ait jamais eu d'intérêt profond pour les enfants, il craignait d'être passé à côté de quelque chose. Le cercle rassurant du foyer familial attisait parfois chez lui une certaine jalousie et l'enfonçait un peu plus dans ses angoisses de solitude.

Raffiné et talentueux, il avait intégré une école d'architecture à 18 ans tout en enchaînant les petites missions d'intérim pour payer sa chambre de bonne. Son premier contrat en tant qu'architecte stagiaire lui permit d'entrer dans le réseau fermé des cabinets du premier art. À coups de crayon et de nuits blanches, il fit ses armes et développa son style. Les soirées parisiennes lui offrirent le courage d'assumer son identité et il y trouva un épanouissement profond dans la liberté de penser de son nouvel habitat. Il sortit volontairement de sa condition d'homme d'un milieu populaire pour s'envoler vers les réjouissances d'une élite intellectuelle progressiste.

Mais les nouveaux révolutionnaires le dérangeaient. Lui-même s'étant donné la peine de créer ses propres règles de vie, il en voulait à cette nouvelle génération de ne pas le laisser profiter pleinement de ses droits durement acquis. Les contraintes et les privations que l'on voudrait lui imposer sont précisément les plaisirs qu'il s'est octroyés à l'encontre de son éducation. Il souhaitait en jouir jusqu'au bout de sa vie et ne pas être contraint sous leur joug. Il trouva insupportable l'idée même que la révolution tomba sur lui et sa lignée. À croire qu'il était né pile au mauvais moment, entre le carcan de l'enfance et la frustration de la société adulte. C'est un sentiment d'injustice qui l'envahissait depuis que la polémique du livre du Dr Swann avait explosé. Lui qui avait mis des années pour goûter du porc sans une pensée divine culpabilisante et voilà que désormais l'idée même de manger n'importe quel animal devait lui faire ressentir la même chose. Et cela s'étendait à tout le reste de sa vie, les voyages dont il avait tant rêvé quand ses poches étaient vides et qui lui étaient désormais financièrement accessibles sont à proscrire. Ne parlons pas de sa glorieuse maison tant attendue qui devenait une soudaine source d'embarras social. Ce renversement de situation soudain et attentatoire lui infligeait encore une fois le lot d'opprobres liés à son mode de vie.

À chaque époque suffit sa peine.

Janak et Arun, New Dehli, Inde

« Je n'ai jamais cru en hier,
laisse-moi croire en demain. »
SCH

Les mois qui suivirent, Janak lança régulièrement les sujets de sa lecture et collecta les avis de chacun. Ses parents furent rapidement convaincus par les arguments avancés par leur fils, peut-être simplement parce que c'était lui qui les avançait, mais aussi sans doute par leur angoisse face aux actualités climatiques de plus en plus dramatiques. Leur compassion était immense face aux familles déracinées par la montée des eaux ou bien les populations affamées par des récoltes parties en cendres. Aux dépens de leur situation géographique, ils se sentaient proches d'eux car chaque catastrophe dans un pays lointain les ramenait à leur propre patrie, grande terre magnifique et pourtant malade du traitement imposé par l'oppression commerciale subie par son peuple.

Pour ses collègues de bureau, plutôt issus de l'université et de la bourgeoisie moyenne indienne, les avis divergeaient. Une certaine conscience écologique existait mais ils n'étaient pas prêts à ce que cela influe sur leur confort quotidien. Ils déclaraient : « À notre époque, avec toute la technologie dont on est capable, on va bien pouvoir trouver un système pour réguler la température, nettoyer les océans et tout le reste ! Ce sont des problèmes qui existent depuis longtemps et que l'on confie aux pauvres pour s'en débarrasser, ils dramatisent la situation pour faire flipper les gens riches » ou bien encore « Moi j'aime trop la viande, je ne peux pas me passer de mon agneau korma ». Arun quant à lui disait qu'il s'agissait de la même chose du côté des professeurs : « C'est une entrave à la liberté ! On n'a pas besoin qu'on nous dise ce que l'on doit faire comme si l'on était des enfants ». Il y avait quand même des adeptes de la méthode *North Sentinel* parmi les plus jeunes et de plus en plus de voix s'élevaient sur les réseaux sociaux pour dénoncer les inégalités sociales issues du système capitaliste.

Bien que l'intérêt pour le climat fût en progression constante depuis presque 3 décennies, les démarches personnelles et gouvernementales semblaient extrêmement minimes par rapport à l'ampleur de la catastrophe annoncée. Certains esprits éveillés étaient à la recherche d'actions concrètes pour assouvir l'angoisse d'un futur funeste. L'intellect délaissé au profit d'argumentations fallacieuses sur des sujets volontairement peu constructifs, le monde politique ne répondait plus aux attentes de ses citoyens. Le sentiment d'être bafoué par si peu de considération fut sans doute le moteur d'un rassemblement rapide et organisé d'un groupe d'individus déterminés à changer l'ordre établi. Ainsi *North Sentinel*, ou comme renommé rapidement *NS*, devient La Vague puissante, qui portée au-delà des frontières, soulevait l'espoir d'une révolution populaire pour réinventer les bases d'une société viable à long terme.

Par le biais des médias à diffusion rapide tels que les réseaux sociaux, les thèses du Dr Swann furent virales. L'éco-anxiété était un nouveau mal dont les victimes cherchaient intensément un remède. La pandémie idéologique s'alimentait de la fracture sociale creusée depuis des années entre la réalité d'un peuple qui voyait ses conditions décliner massivement et celle des affabulations d'un monde politique décorrélé. Les partisans du mouvement exprimaient leur ferveur à travers des manifestations orchestrées simultanément sur plusieurs continents. Certains placardaient des affiches barrées de slogans insolents, d'autres filmaient leurs actions spontanées comme l'ouverture des portes d'un hangar de poulets en batterie et les plus investis déclenchaient une coupure de courant dans une usine polluante stratégique. Quelques-uns lancèrent même l'idée d'un tatouage entremêlant la lettre N et la lettre S pour prouver leur appartenance au groupe, à l'instar des gangs de stupéfiants sud-américains, ou comme les comparaient Janak et Arun adeptes de la pop culture, des *Mangemorts* de Harry Potter.

Les autorités indiennes furent également contraintes de renforcer la surveillance autour de la petite île du même nom, qui fut l'assaut de quelques fanatiques espérant trouver patrie parmi le peuple hostile vierge de tout vecteur d'information sur leur nouvelle célébrité.

La fracture postmoderne de ce mouvement incitait le passage à l'acte individuel ou collectif et donnait une dimension héroïque aux existences à la dérive qui cherchaient un sens honorable à épouser.

D'abord perçu comme un mouvement révolutionnaire, *North Sentinel* su s'organiser en moins de deux ans afin de mettre en place une hiérarchie s'apparentant à un puissant parti politique international d'opposition renommé *NS Project.*

Partie 2 : Planification

3 à 4 ans avant le Basculement

Thèses du Dr Swann :
Publication universitaire année 2023

Extrait de North Sentinel :
Industrialisation agricole et partage des ressources

Les images satellites du territoire ne semblent indiquer aucune déforestation des Sentinelles sur leur territoire. Il est donc envisageable que la population se nourrisse essentiellement par le biais de la cueillette et de plantes endémiques sans que leur présence y contraigne l'écosystème de l'île.

Entre les années soixante et quatre-vingt-dix, une politique agricole nommée Révolution verte *a été menée par les industriels dans les pays en développement. Elle consistait à sélectionner exclusivement des céréales à haut potentiel afin d'accroître les rendements.*

Ce terme est donc employé pour désigner l'avancée technologique dont ils eurent recours grâce aux progrès scientifiques et notamment dans le domaine de la chimie et de la génétique. La combinaison d'une hybridation de variétés optimisées par manipulation du génome avec les produits phytosanitaires et les engrais engendrent ainsi une production abondante à court terme. D'abord félicitée pour son efficacité technologique, elle fut par la suite naturellement à l'origine de l'accroissement de la démographie.

Ce n'est que plus tard que les conséquences réelles de ce système furent décrites. La pollution généralisée des pesticides, la perte massive de biodiversité et d'agro-biodiversité, la dégradation rapide des sols et l'épuisement des nappes phréatiques pour irriguer les parcelles agricoles se sont traduits socialement par un important exode rural et l'apparition de gigantesques bidonvilles.

Malgré l'apport considérable de nourriture sur les marchés internationaux, le lien entre le niveau de production agricole et l'alimentation des populations n'est cependant pas direct. En effet, les études ont montré que les grandes famines historiquement répertoriées n'ont pas été causées par une baisse de la production alimentaire mais par des dynamiques politiques et socio-économiques qui ont engendré un échec de l'action publique et des inégalités dans la redistribution. On constate également que la monoculture choisie par les industriels, financée largement par des fondations comme Ford ou Rockefeller, ne constitue pas toujours le type de céréales culturellement consommé par la population locale. Les lourds investissements pour adapter les parcelles furent accessibles prioritairement aux agriculteurs possédants déjà de grandes exploitations et un accès au crédit, ce qui fragilisa davantage la situation des petits cultivateurs.

Les effets sociaux de la révolution verte se sont traduits par un choix politique de privilégier une voie essentiellement technique et de freiner le mouvement redistributif des autres activités économiques. Enfin, le coût énergétique et la consommation d'eau pour l'irrigation de ce système sont supérieurs à la capacité réelle de production.

Il existe cependant des alternatives, notamment la Révolution doublement verte *qui avance le concept d'une agro-écologie qui consiste à adopter une logique de développement agricole fondée sur la connivence avec les écosystèmes. Il permettrait le maintient de la diversité biologique et la résilience des biotypes pour conserver les milieux naturels, notamment par un système de permacultures.*

Yugo et Keith, Tokyo, Japon

« Tu passes pour un pessimiste,
Alors qu'en réalité
Tu es juste un optimiste,
Triste de réalité. »
Euphonik

C'est un vendredi soir que Keith parla pour la première fois de North Sentinel à Yugo. Ils étaient attablés devant des raviolis vapeurs qu'ils picoraient dans le même plat.

« Ma mère m'a fait envoyer un bouquin d'une scientifique qui prône le mode de vie d'une tribu perdue sur une île de l'Océan Indien. Elle dit que nous devrions retourner à un état plus primitif si on veut sauver notre monde du désastre écologique et humanitaire à venir. Ça fait énormément de bruit en Europe, les jeunes sont à fond derrière sa théorie. Je vais te le filer pour que tu le lises, ça te changera un peu de tes tableaux sur les stats de Wall Street ! »

Il est vrai que Yugo n'avait accordé que très peu de temps dans sa vie aux réflexions sur le devenir de l'humanité. Il octroyait au futur les gestes évidents préconisés par son gouvernement comme le tri de ses déchets, limiter son empreinte carbone quand cela était possible ou bien diminuer sa consommation d'eau et d'électricité. Très ancré dans le présent, seule réalité perceptible, et le passé, tangible par ses écrits, il était un homme de rationalité parfaitement adapté à la conformité du groupe.

North Sentinel fut donc pour lui une révélation. La remise en question d'un système entier qu'il avait suivi jusqu'à ce jour sans se positionner. En quelques semaines, son regard sur la ville s'aiguisa du dégoût de l'activité humaine. Il s'imprégna de la détresse du monde du vivant bafoué par le simple désir matérialiste d'une seule espèce et la profonde désinvolture de ses éléments ignorants. Il perçut la cruauté de son propre métier qui abandonne volontairement des individus à un sort funeste pour le magot financier d'une poignée d'autres. Le manque de cohésion au sein de son groupe humain pour des raisons pécuniaires, religieuses, raciales et hiérarchiques.

Il s'éloigna naturellement des zones à fortes fréquentations et chercha à fuir la foule de Tokyo en s'accordant des week-ends au grand air. La mégalopole grouillait d'une masse qui lui semblait terriblement uniforme, avec des canons esthétiques préconçus par des grands groupes industriels qui choisissaient dans des bureaux les surplombants les futurs critères qui assouviraient les demandes du consommateur moyen, tout en excluant d'avantage les réfractaires ou les nécessiteux. Il lui semblait qu'on agitait ainsi un leurre pour troubler l'ordre de priorité des objectifs de l'humanité afin de mieux les asservir, à l'instar des singes de laboratoires que l'on manipule à coups de décharge électrique ou de récompenses addictives.

Il trouva un grand apaisement dans les campagnes de Nagatoro en compagnie de Keith qui était ravie de découvrir du pays. Ils avaient beaucoup débattu sur l'ouvrage qu'elle lui avait prêté et elle avait été amusée de constater l'effet qu'il avait produit sur son compagnon. Elle aussi était marquée par sa lecture mais elle savait déjà depuis longtemps les faits énoncés et n'était pas surprise de la conclusion. La faille émotionnelle du séisme qui ébranlait la naïveté de Yugo la touchait. Lui habituellement avare d'extravagance verbale s'animait successivement par la révolte, puis la tristesse et de nouveau la colère et elle ne manquait pas de l'encourager dans sa quête idéologique d'une morale universelle.

C'est un dimanche de printemps, sous le doux soleil de la ville de Chichibu que l'impatience de Keith dénoua la tension amoureuse naissante entre les deux amis. Après une longue balade dans les prairies flamboyantes alentours et quelques esquisses griffonnées aux crayons de couleurs ensemble, ils s'étaient assis dans l'herbe afin de partager un dorayaki moelleux, réclamé par le jeune homme, et un bubble tea, spécialité Taïwanaise choisie par la jeune femme. Parfumée au Taro et agrémentée de boules de tapioca, la boisson servie chaude était une gourmandise dont raffolait Keith mais dont le succès laissait Yugo particulièrement dubitatif. Il s'y aventura tout de même, convaincu par les éloges de la belle australienne :

« Il faut que tu prennes une perle avec, sinon ça ne sert à rien !

— Bon d'accord, mais c'est vraiment parce que je t'aime. »

Il engloutit une gorgée en fermant les yeux pour se donner plus de courage. Quand il les ouvrit de nouveau, le visage déformé par la grimace que lui avait infligé le breuvage, Keith le dévorait du regard :

« Tu m'aimes ? »

Yugo rougit et baissa le regard, oubliant instantanément le goût suave du taro :

« Tu ne peux pas imaginer à quel point. »

Elle s'approcha délicatement et posa ses lèvres sucrées sur les siennes dans un baiser bref mais déterminé, telle une question rhétorique. La réponse fut une évidente déclaration qui confirma l'assentiment de l'union des âmes. Absorbés par leur nouvelle intimité, ils manquèrent le dernier train, et finalement pour leur plus grand bonheur, partagèrent une nuit enivrante dans un gîte de la ville.

En concrétisant sa relation avec Keith, Yugo se sentit émotionnellement comblé et cisailla progressivement les rapports politiquement corrects avec ses connaissances pour redoubler d'implication dans les connexions avec ses proches. Il se détacha de son invraisemblable acharnement de plaire à tout le monde et appris à assumer ses opinions en s'inspirant de la brillante carrière de sa mère qui désormais était une véritable source d'admiration.

Janak et Arun, New Dehli, Inde

« Vieillir est une obligation,
mais grandir est un choix »
Youssoupha

La politique menée par NS Project, était un élément de controverse qui animait les opinions publiques dans toutes les sphères de la population indienne qui pouvaient se permettre de prendre du temps pour envisager un futur à leurs enfants. Des groupes de militants en faveur de ses théories se formèrent et réunirent rapidement de nombreux adeptes.

Une notification Facebook s'afficha sur le téléphone de Janak. Un nouveau post venait d'être publié dans le groupe très fermé *NS Project Inde.* Il avait eu du mal à y être accepté, il fallait répondre à des questions et rédiger un paragraphe de motivation.

Le message parlait d'un prochain rassemblement du groupe dans un lieu tenu secret jusqu'à la veille. Il trouvait excitant de participer un peu à la révolution silencieuse qui se préparait. Il avait l'impression de faire partie de *l'Armée de Dumbledore* ou de *l'Ordre du Phénix* et de lutter *pour le plus grand bien.*

Il avait lu un peu les commentaires qui suivaient :

« Il faut taper plus fort cette fois-ci », « Ça n'avance pas assez vite », « Nous devons rassembler un maximum de personnes », « Nous ne nous laisserons pas faire ».

Son esprit vagabondait. Il se voyait déjà en leader de bande, camouflé sous sa cagoule et répandant la juste parole. Il hésitait… Allait-il enfin participer à ces réunions secrètes ou resterait-il dans sa chambre à rêver de changer le monde sans sortir de son lit ? D'accord, il ne pouvait pas laisser passer encore une fois sa chance.

« Arun ? Chauffe-toi mec on y va cette fois-ci. »

Au bout du fil Janak entendait le cliquetis des touches.

« Coupe la Play un peu et bouge !

— Ça se passe où ?

— À la bibliothèque de Gurukul.

— Sérieux ? Je m'attendais à un lieu plus cool genre une usine désaffectée ou le sous-sol d'un bar… »

La bibliothèque était située en périphérie de la ville dans un bâtiment d'architecture traditionnel agrémenté d'un parc. Beaucoup de lycéens et étudiants s'y retrouvaient pour étudier sur les tables éparses entre les rayons d'ouvrages méthodiquement classifiés. C'était un endroit calme où beaucoup de jeunes y traînaient plus pour se montrer que pour travailler. Il y avait presque autant de monde sur le parvis de l'entrée pour errer et boire un café que d'âmes studieuses entre ces murs. Pour y pénétrer, il suffisait de posséder une carte étudiante, et encore personne ne la vérifiait jamais. Janak grimpa les étages discrètement sous le regard curieux des moins concentrés. Le troisième étage était exclusivement réservé aux personnes détenant un master ou préparant un doctorat. Il était ainsi presque désert et beaucoup plus silencieux.

Arun attendait déjà devant la porte de la salle de réunion. Il n'était pas seul, une dizaine de personnes entre 20 et 35 ans patientaient sans échanger un mot. Leur style était divers, artistes affirmés ou jeunes cadres en costume. Janak salua son ami avant de se conformer au mutisme général.

Après un bon quart d'heure d'attente, une jeune femme d'une trentaine d'années, vêtue d'une robe d'été fleurie se présenta à eux et les fi pénétrer dans la pièce. Ils s'assirent avec excitation tout autour de la table et la réunion débuta par les présentations.

La jeune intervenante à la robe fleurie portait un carré de boucles brunes floues qui voletaient autour de son visage parsemé de quelques taches de rousseur. Elle présenta NS Project comme un mouvement idéologique basé sur le volontariat. Les membres partageaient des valeurs communes autour de l'essai du Dr Swann et œuvraient pour la prise de conscience générale de la détresse climatique. Pour l'instant, ils avaient surtout abattu un gros travail de recrutement et de communication. Et en effet, North Sentinel était déjà connu à travers le monde entier et comptait des membres à travers chaque continent. Ils s'intéressaient à tous types de profils, tant que les membres restaient discrets sur l'organisation même du groupe et qu'ils étaient prêts à mettre la main à la pâte. Toutes les compétences étaient bonnes à prendre : communauté sur les réseaux sociaux, connaissance des sciences, compétences informatiques, relations politiques et même simplement de la bonne volonté.

Leur action visait essentiellement à divulguer des messages forts au plus grand nombre pour mobiliser un maximum de personnes à la cause écologique et ainsi faire pression sur les pouvoirs en place.

À la sortie, ils discutèrent longtemps avec les nouvelles recrues sur le parvis, un peu à l'écart des oreilles indiscrètes, subjugués par l'enthousiasme de participer à un projet d'avenir aussi excitant.

Ils exprimèrent leur joie de pouvoir enfin faire bouger les choses à une échelle bien plus large que toutes les manifestations qui avaient été tentées auparavant.

Janak et Arun avaient joint le mouvement, convaincus par l'idéologie et désireux d'être les acteurs du changement. Pour la première fois de leur vie, ils allaient pouvoir participer à une révolution morale qui les dépassait et cela était exaltant.

Leurs compétences en informatique avaient tapé dans l'œil de l'organisation. Ils grimpèrent rapidement les échelons au sein du réseau jusqu'à participer aux prises de décisions. Ils se choisirent comme pseudo « Musachi Miyamoto », légendaire samouraï du XVIe siècle aussi doué avec son sabre qu'avec son crayon ou même son pinceau.

D'abord simples agitateurs des réseaux, on leur demanda bientôt de mettre à contribution leurs talents pour hacker de célèbres sites web afin de faire sauter quelques heures les plateformes des leaders de la vente et de la livraison internationale, ou de dénoncer les catastrophes écologiques de certains groupes industriels sur leur propre page web. C'était déjà un engagement important pour nos deux *white hats* qui combinaient vie d'anarchistes virtuels la nuit et honnêtes travailleurs la journée.

Mais aucun des deux n'aurait échangé leur double vie pour rien au monde. Cette identité cachée leur procurait un sentiment de domination ultime, comme s'ils survolaient la plèbe avec un esprit omniscient.

Mais bien que très satisfaisant au début, au bout de quelques mois, ils voulaient en faire plus. C'est à la suite de plusieurs réunions virtuelles avec les responsables de NS Project qu'ils lancèrent l'idée révolutionnaire qui allait bouleverser l'avenir de leur communauté. À l'instar de *Satoshi Nakamoto*, célèbre mais très mystérieux créateur du Bitcoin, *Musachi Miyamoto* souhaitait lancer sa propre blockchain afin de sécuriser des jetons de cryptomonnaie, les *North Sentinel Token : « NST »*.

Cette monnaie interne avait pour but de faciliter les transactions entre les membres de NS Project. Discrète et rapide, n'ayant de valeur que pour ceux qui l'adoptent, elle est indépendante de l'inflation, n'est apparentée à aucune devise et peut s'échanger presque instantanément partout à travers le monde. La blockchain fut conçue de manière décentralisée de telle sorte que chaque utilisateur la possède et puisse valider collectivement les transactions, assurant donc sa pérennité et sa sécurité face à un potentiel ennemi qui souhaiterait la détruire.

Afin d'harmoniser leur projet avec leurs convictions politiques en matière de climat, les amis programmèrent leur code par le biais du système « proof of stake » ou « preuve d'enjeu ». A contrario de la mauvaise réputation du minage de certaines anciennes cryptomonnaies qui pouvait se révéler énergivores, ce système n'utilise pas les énergies fossiles. En effet, toutes les transactions passent par les mains de « valideurs virtuels », eux-mêmes utilisateurs de NST, qui mettent en jeu leurs jetons afin de certifier en interne les échanges sur la blockchain. La preuve d'enjeu permet également de préserver la devise du risque d'inflation et assure plus facilement sa décentralisation. À terme, la monnaie se valorisa d'avantage en se déclarant officiellement négative en émission de carbone et se présenta en exemple pour l'innovation durable.

Ainsi des membres de NS Project pouvaient se rémunérer à l'aide des NST pour des services rendus à l'organisation sans avoir besoin de contact physique et sans laisser de traces sur le réseau commun.

Avec l'aide d'une équipe aussi motivée qu'eux, la monnaie colonisa petit à petit le réseau et interconnecta plus fermement la communauté.

Janak et Arun furent tellement sollicités par le projet qu'ils quittèrent simultanément leur emploi pour se consacrer entièrement au développement et à la diffusion du NST en échange d'un salaire confortable assuré par l'organisation, sous couvert d'un contrat d'informaticien pour le parti politique florissant de *NS Project Inde.*

Mike, Montana City, États-Unis

« Les temps sont durs pour les rêveurs. »
Le fabuleux destin d'Amélie Poulain

Mike arriva chez lui plus tard dans la matinée qu'à son habitude. Ses lèvres étaient sèches et il but d'un trait sa gourde d'eau fraîche. Il revenait d'un trail de 14 kilomètres dans les montagnes qui surplombaient son logement du Montana. Il prit une longue douche bien chaude qui soulagea ses muscles engourdis par l'effort.

Âgé de 36 ans, son corps athlétique reflétait parfaitement sa puissance et sa parfaite santé physique. Mike était un homme solide qui s'infligeait une discipline de fer depuis sa plus tendre enfance. Très sportif, il ne pouvait passer une journée sans s'exercer.

Il a grandi dans un ranch logé aux pieds des Rocheuses, entouré de chevaux galopant dans des plaines s'étendant à perte de vue. Sa mère, ayant quitté le foyer familial pour suivre un amour de jeunesse en Floride alors qu'il n'avait que 7 ans, laissa dans le cœur de son père une amertume fataliste sur la moralité humaine. Il éleva son fils dans les valeurs du respect de la vie animale et de la nature puissante qui les entourait. Toujours à l'écoute de ses bêtes, il les aimait et les comprenait mieux que ses propres congénères. Mike, bien que privé de l'amour maternel, trouva beaucoup de réconfort dans l'éducation au grand air de son père. Ils étaient conscients de jouir d'un cadre d'exception mais de pâtir d'un relationnel familial propre à la rudesse de la ruralité de la classe moyenne dont il était issu. Les rapports entre les deux hommes étaient exigeants dans le labeur et souvent conflictuels. La paternité consistait essentiellement dans la prise en charge matérielle et l'éducation mais le réconfort émotionnel était optionnel. Bien que le garçon ressentît que son père l'aimait, la communication sur le sujet était un manquement à la pudeur masculine du cow-boy.

Mike était solitaire mais grand passionné de nature. À partir de l'adolescence, il eut quelques déceptions amicales et amoureuses qui le confortèrent sur l'égocentrisme irraisonné de son espèce.

Il excellait au club de tir de sa région et fut champion régional de triathlon. Il ne fut jamais tenté par la fume et l'alcool car il était trop conscient de l'importance de sa santé pour la réalisation ses exploits sportifs. Ses aptitudes le menèrent naturellement vers une carrière au sein de l'armée où il noua des liens fraternels avec ses compagnons d'armes. Il intégra une brigade prestigieuse de l'armée terre où il combattit pendant sept longues années. Bien qu'il aimât l'esprit d'équipe de son métier, il avait toujours été mal à l'aise avec l'idée d'un ennemi déshumanisé qu'il fallait abattre avec moins de compassion que celle qu'il accordait petit à son troupeau. Ce fut lors d'une intervention dans la maison de campagne d'un politicien libyen qu'une bavure de son équipe le conforta définitivement dans ses opinions. Dans le chahut de l'assaut, ses camarades avaient abattu la femme de la cible mais aussi les deux membres du personnel de maison, un couple d'une soixantaine d'années qui avaient consacré leurs vies à éponger les corvées des autres. L'injustice de cette fin tragique remit en question l'éthique du devoir imposé à Mike.

À 29 ans, quelques jours après le drame, ses supérieurs, bien conscients de l'indéterminisme vacillant de leur recrue, lui avaient accordé une permission de huit semaines pour enterrer son père et l'éloigner ainsi discrètement des combats. De retour dans son Montana qui lui semblait très vide à présent, il recueillit une petite chienne de quelques mois abandonnée près d'une poubelle. Elle devint l'amour de sa vie.

Avec sa patte blessée et son pelage couvert de puce, elle bénéficia des soins nécessaires avec toute la dévotion et la douceur dont Mike fut capable. L'animal lui fut éternellement reconnaissant et leur complicité digne d'un film hollywoodien. Il la nomma Helena en référence à une montagne de sa région qu'il avait souvent grimpée en compagnie de son père. Elle était intelligente et très dynamique ce qui fit d'elle une excellente coéquipière pour Mike lors de ses randonnées. Parfois, lorsqu'ils s'adonnaient à des sorties plus longues, leur bivouac était à la hauteur des plus belles photos Instagram des influenceurs dont le jeune homme ignorait tout. Lui avec son bonnet vissé sur la tête qui laissait dépasser une barbe de 3 jours, et elle, allongée sur ses genoux, tous les deux se réchauffant devant un feu de camp. Lorsque son cœur s'embrumait, Mike se plongeait dans le regard passionné d'Helena et sa pureté faisait exploser sa poitrine. C'est à cette époque qu'il décida de mettre fin à sa carrière militaire pour se ressourcer dans les décors de son enfance.

Quelques mois plus tard, il découvrit l'existence de North Sentinel au détour du rayon culturel du supermarché local. Le bouquin dévoré en 2 jours, il s'adonna à plus de recherches sur le sujet via internet et l'organisation du même nom. Partageant depuis longtemps les mêmes convictions écologiques que l'auteur, ce fut tout naturellement qu'il contacta le responsable régional de la filiale pour lui proposer ses services.

Cependant, avec un réseau particulièrement restreint et une vie légèrement en marge de la société, bien que sa candidature soit accueillie avec plaisir, personne ne sut réellement quel rôle lui attribuer. Il participa tout de même à quelques réunions et fut salué par certains membres pour son mode de vie exemplaire.

Judith, Complexe hôtelier Inca Dream, Lac Titicaca, Bolivie

« Ne te crois pas libre parce qu'il y a assez de place pour courir dans ta cage. »
Lujipeka

Judith était sous le charme de la vue panoramique de sa chambre d'hôtel. Accoudée à la rambarde de la terrasse, elle pouvait même apercevoir quelques sommets de la cordillère blanche qui cisaillaient la brume pesante sur le lac. La surface de l'eau légèrement ridée miroitait les rives asséchées qui s'étalaient aux abords des jardins verdoyants du parc. La frontière du domaine était nette comme le coup de sécateur infligé à la haie de lauriers roses. La piscine était aussi éclatante que sur les photos publicitaires qu'elle avait consultées, la foule à l'intérieur en moins bien sûr. Ça ne faisait rien, elle était enfin en vacances et c'était donc l'occasion idéale pour renouer de la complicité avec son mari, Arthur.

En effet, depuis la naissance de leur fille Lilas il y a deux ans, leur couple battait de l'aile. Enfin, personne ne pouvait le remarquer dans leur entourage ou sur les réseaux sociaux, où ils étalaient fièrement les photos de leur fille dans les quatre coins du monde. D'ailleurs eux-mêmes ne se l'étaient jamais avoué, mais elle le ressentait. Elle n'était plus Judith, ni même Judith et Arthur, non maintenant elle était la mère de Lilas. C'était super de voir que tout le monde s'extasiait devant l'être qu'elle aimait le plus au monde mais elle se sentait prisonnière de son rôle. Elle n'attirait plus l'attention, et surtout, plus celle de son mari. Leurs relations se distendaient de plus en plus mais il fallait bien avouer qu'elle y était un peu pour quelque chose. Son corps s'était transformé après l'accouchement et sa confiance en elle en avait pris un coup. Elle se cachait derrière des vêtements trop larges et même Arthur n'avait plus le droit de la voir dénudée. Ses amies encore célibataires et les photos retouchées des stars des réseaux avaient accentué le trait de ses complexes.

Mais maintenant c'était les vacances. Elle avait fait un régime depuis trois mois et s'était contrainte d'aller deux fois par semaine à son cours d'abdos-fessiers. Ce n'était pas encore la silhouette de ses 20 ans mais elle avait vu une différence. Et puis ici, ils étaient loin de tout, personne ne la connaissait et ne la jugerait. C'était rassurant avant d'enfiler son maillot de bain.

La serrure cliqueta et Arthur entra dans la chambre le sourire aux lèvres :

« Devine ce qu'il y a au repas ce soir ? »

Tous les deux étaient des grands gourmands ce qui approfondissait l'ambivalence des pulsions de Judith face à son combat contre ses poignées d'amour.

« Une pizza à la burrata !

— J'ai vu qu'ils faisaient un dos de saumon à la vapeur, je crois que je vais prendre ça plutôt.

— Oh Ju laisse-toi aller un peu... En tout cas je suis sûr de te faire craquer pour une glace en dessert » dit-il un sourire malicieux sur le visage.

Elle ne put résister et le lui rendit avec sincérité. C'est fou ce qu'elle l'aimait, surtout ici, maintenant, dans cette chambre si loin de chez eux.

Lilas gazouilla doucement. Elle jouait avec sa peluche préférée dans un coin de la pièce. C'était son oncle qui lui avait offert ce gros cochon rose pour son premier anniversaire et depuis ils étaient inséparables. Son père l'avait surnommé Mr. Piggy, pas très original mais efficace.

« Bon qui veut faire un tour à la piscine ? »

***

Le soleil réchauffait leur peau granuleuse aux poils hérissés par le vent doux. Il faisait tiède, pas tout à fait chaud, juste assez bon pour être en maillot sans avoir froid.

Lilas était vraiment trop mignonne avec son bob à fleurs oranges et ses grosses lunettes de soleil cerclées de rose. Elle se dandinait même de temps en temps sur la musique à tue-tête que crachaient les haut-parleurs autour du bassin. Judith en profita pour compléter sa collection déjà monumentale de photos d'elle. Ce n'était pas très bien cadré, à contre-jour et même souvent flou, mais bon, elle se sentait obligé d'en faire. De toute façon avec les 250 Go de son téléphone, elle pouvait se le permettre.

Arthur sirotait un mojito agrémenté de jolies fraises bien rouges. Ça méritait une photo aussi.

« Tu surveilles Lilou, Chéri ? Je vais me baigner un peu. »

En se levant elle eut espoir de voir le regard d'Arthur se poser sur ses fesses un peu plus rebondies qu'avant mais il était absorbé par son téléphone. Tant pis, ce sera pour une prochaine fois.

À son agréable surprise, Judith pénétra dans une eau chaude, comme un bain qu'on vient de laisser couler. La délectation était immense, tout était parfait. Il manquait juste un petit effort de la part d'Arthur, mais elle allait se débrouiller pour que ça arrive.

Judith avait connu une carrière ascendante grâce à un opportunisme peu camouflé. Issue d'une famille modeste et peu matérialiste anglaise, elle avait souhaité s'extraire de ce modèle pour coller au plus près des femmes du quartier bourgeois voisin. Les cabriolets et les sacs de luxe qu'elles arboraient faisaient poudroyer dans les yeux de la petite fille la promesse de l'aboutissement d'une vie que ses parents n'avaient su mener. Elle avait passé des heures à étudier les styles vestimentaires de ses célébrités préférées et à tenter tant bien que mal de copier leur maquillage ou leur coiffure. L'illusion était presque parfaite, à défaut du cruel manque de confiance en elle. Faire partie d'une bande de filles populaires, même si en réalité son rôle principal dans le groupe consistait essentiellement à les suivre, représentait une première ascension sociale qui la contentait amplement.

Dès qu'elle eut l'âge de travailler, elle fut embauchée comme secrétaire dans une entreprise de construction locale qui lui apporta ses premiers salaires et donc ses premières occasions pour briller matériellement. L'entreprise lui confia petit à petit des missions de commerciale sur les chantiers et c'est dans ce contexte qu'elle connut Arthur. Le bel agent immobilier s'était présenté à elle pour saisir l'exclusivité des lots prochainement en vente. Tout d'abord pour des raisons purement mercantiles, Arthur joua de son charme auprès de Judith pour qu'elle plaide en sa faveur à sa direction. Mais cette dernière, ravie d'attirer l'attention de cet homme au costume bien ajusté, tomba rapidement amoureuse de lui.

Leur histoire connut quelques rebondissements mais Arthur finit par la demander en mariage deux ans plus tard, dans un restaurant coté de la ville. La naissance de la petite Lilas avait suivi et consolidé davantage l'union du couple. Les parents comblés entretenaient ainsi leur image avec soins aux yeux du monde pour pouvoir apprécier davantage leur parachèvement en le quantifiant par le nombre de *Likes*, pour la plupart provenant d'inconnus, sous leurs photos de vacances minutieusement mises en scène.

Hors des écrans de fumées de leurs réseaux, le couple apprenait doucement à se contenter d'une réalité moins brillante mais largement plus rassurante.

Manuel, Complexe hôtelier Inca Dream, Lac Titicaca, Bolivie

« Trouver une putain de raison de vivre,
J'ai frappé dans les murs mais ça raisonne vide,
C'est pour les gosses à l'allure bizarre,
les voleurs, les Elephant Man,
Les mecs instables qui ont des putains de valeurs
mais qui les défendent mal. »
Nekfeu

Depuis son bureau, Manuel pouvait apercevoir les plaisanciers barboter dans la piscine et disparaître de temps en temps derrière les affiches publicitaires placardées sur sa vitrine.

Après le repas de midi, c'était toujours l'heure creuse. Certains digèrent le buffet qu'ils viennent d'engloutir allongés sur les transats, d'autres sont déjà partis en excursion sur *Isla Del Sol* à bord du ferry, et les plus fainéants sont remontés faire la sieste dans leur chambre. Seuls les enfants ne semblent pas souffrir de torpeur amorphe. Ils courent et crient à tout moment de la journée, inconscients de l'agitation qu'ils génèrent et de l'univers qui entoure leur bulle de quelques mètres carrés.

En levant le regard d'une vingtaine de degrés, Manuel aperçoit le vol majestueux d'un faucon. Cette vision était encore extrêmement rare il y a quelques années et il aurait sans doute averti tout son village s'il avait vu ça étant enfant. Mais depuis quelque temps, les faucons s'étaient rapprochés du lac pour y trouver de la nourriture. La sécheresse avait en effet poussé les rongeurs à rejoindre la seule zone humide encore disponible dans la région ou eux-mêmes chassaient les insectes.

Mais combien de temps résisterait ce refuge ? Le lac lui-même s'asséchait à vue d'œil. La rive avait déjà reculé de trois mètres ces quatre dernières années. Ça ne les avait pas empêchés de reconstruire le ponton du ferry l'année dernière pour continuer d'assurer les excursions. « La rentabilité en dépend » avaient-ils dit.

Les mains moites, il jeta un coup d'œil à sa montre. Plus que 20 minutes. Son esprit était clarifié par l'adrénaline qui coulait dans ses veines. Cela lui semblait d'une limpide évidence. Ce sera facile.

Il pouvait se remémorer toute sa vie comme s'il déroulait une bande de film.

Manuel est né le 28 décembre 1988 dans un village de la région de Cochabamba, au sud-est du Lac Titicaca. Havre de solitude au milieu des Andes, ses parents sont le seul couple de leur génération à avoir un enfant au village. À sa majorité, il part à Santiago de Chile où il enchaîne plusieurs petits boulots laborieux de services en passant par la vente et la réception. Il apprend à maîtriser l'anglais au contact des clients étrangers et décèle un engouement pour le tourisme local.

C'est avec cette ambition qu'il retourne à 22 ans dans sa région natale où il guidera des centaines de personnes à travers les vallées de son enfance et livrera avec passion les mystères du lac. Toutes les nationalités, tous les âges, tous les tempéraments défilent sous l'aura de son discours authentique. Il est noté 4,3 sur trip Advisor avec plus de 200 commentaires 5 étoiles. Les réservations affluent et les billets pleuvent.

Mais à partir de 2015, la situation se dégrade. La sécheresse affame le pays et ses parents ne peuvent plus vivre de leurs champs de quinoa. Les récoltes sont désastreuses et les paysans sombrent dans la famine. Les politiques parlent d'un courant océanique qui aurait changé de sens avec le réchauffement climatique, ou quelque chose comme ça. On ne comprend pas, mais on souffre. Manuel subvient aux besoins de ses parents et de quelques amis de son village. Il redouble d'efforts pour gagner plus d'argent. La pluie est le centre des sujets de conversations. On l'attend, on prie, on pleure pour elle.

Parfois la vie est d'une cruauté sans nom. Enfin si, elle a un nom justement, « La Nina », c'est comme ça qu'on l'a nommée. Le brûlant souffle qui incendie les cultures et étouffe les habitants. Même certains touristes venus pour deux semaines de vacances en ont entendu parler parait-il, ou tout du moins, ils ont lu un article sur Reddit.

Une nuit les prières ont enfin été entendues, du moins on y a cru. Deux ans de pluies se sont abattus, d'un seul coup, sans s'arrêter. C'était digne du déluge de Noé, sans l'arche.

Les parents de Manuel sont morts noyés par une coulée de boue sur leur propre terre.

Après ça, s'ensuivent des longs mois de vide. Manuel est passé par toutes les étapes du deuil. La stupéfaction, le refus d'admettre la terrible vérité, la colère immense, la dépression profonde et du moins le croyait-il, l'acceptation. Ne pouvant plus assurer ses visites il passait le plus clair de son temps chez lui devant son écran d'ordinateur.

C'est fou comme internet est capable de nous connecter avec des gens qui nous ressemblent de nos jours. Il suffit de quelques mots-clés, quelques clics sur des sites similaires, et hop tous vos résultats convergent vers vos « affinités ». Manuel s'était ainsi retrouvé parmi les membres de *NS Project*. D'abord simple lecteur, puis commentateur avisé, et enfin lanceur d'alerte, il a fini par intégrer le groupuscule le plus extrémisé de la communauté. Comme lui, ses amis du bout du monde étaient convaincus qu'il fallait frapper plus fort sur les « inconscients ». Cette tranche de la population qui était trop occupée à remplir futilement leur petite vie égoïste au détriment de l'effort collectif. Ceux-là mêmes qui grouillent tous les jours dans l'hôtel où Manuel travaille, se prélassant de mets importés après avoir pris l'avion sur des milliers de kilomètres pour 5 jours sur place. Ceux qui paient des excursions en bateau à essence sur le lac le plus haut du monde et font des tours d'hélicoptère au-dessus d'une faune et d'une flore à l'agonie. Ses camarades virtuels subissaient les mêmes calvaires et déversaient leur haine en masse, ce qui potentialisait davantage la radicalité du clan.

C'est pour ça qu'il avait décidé de les chasser. Ils ne méritaient pas le spectacle fascinant d'une nature qu'ils piétinaient. Il fallait les faire fuir pour de bon et pour cela, une seule solution était apparue aux yeux remplis de rage de notre guide.

L'heure du sacrifice sonna enfin. Parfaitement calme et déterminé, soutenu par ces amis atteints des mêmes psychoses aux quatre coins du monde, il s'empara de son arme automatique et vengea ses parents.

Judith, Complexe hôtelier Inca Dream, Lac Titicaca, Bolivie

D'abord un tonnerre assourdissant déchira l'univers. Puis des hurlements, un mouvement de foule, de la précipitation aléatoire et de la confusion extrême. Quelques millièmes pour que notre cerveau puisse percevoir le danger et quelques secondes entières pour que notre corps réagisse.

L'instinct prend le contrôle, sauver ce qui est le plus important. Courir et crier pour retrouver ceux que l'on aime dans le chaos.

Judith s'élance hors de cette eau qui l'englue pour rejoindre sa famille. Des corps qui courent, d'autres à terre, du sang et cette odeur de mort. Soudain une main ferme agrippe son bras et la tire en arrière sur plusieurs mètres. Arthur broie littéralement le poignet de sa femme dans un élan de folie désespérée. Il tient dans son autre main le corps chétif de Lilas désarticulé, son petit maillot devenu rouge de sang.

PARTIE 3 : Prise de position

2 ans avant le Basculement

Thèses du Dr Swann : Publication universitaire année 2023

Extrait de North Sentinel : Exploitation animale et éthique

Ensuite, il semblerait que malgré le profil combatif des Sentinelles, ces soldats ne mangeraient pas de viande animale. En effet il n'existe pas de gros mammifères à l'état sauvage sur les îles autour, et même s'il en était ainsi, leur élevage demanderait beaucoup trop de terrains cultivables pour les nourrir, ce qui aurait détruit une partie de la forêt vierge. Quant à la chasse, il semble peu probable qu'un peuple carnivore n'est pas épuisé depuis des siècles déjà les animaux sauvages de l'île. L'hypothèse de la pêche reste possible, mais jusqu'à présent, nous n'avons jamais capturé d'image les mettant en scène au bord des côtes, à part une seule, où des jeunes hommes lèvent des lances menaçantes vers un bateau qui s'approche. Nous pouvons donc déduire que ce peuple est probablement végétarien. Les nombreux arbres fruitiers présents sur l'île ainsi que la présence de racines riches en protéines dans les territoires avoisinants nous laissent penser qu'il pourrait s'agir de la base de leur alimentation.

Dans notre monde, la taxonomie du vivant n'est désormais plus régie par le règne animal mais par la monopolisation de notre espèce sur la condition de toutes les autres.

La consommation de chaire animale quotidienne est un régime alimentaire possible seulement pour un nombre très réduit d'humains. En effet, cette croyance d'une nécessité absolue d'intégrer des protéines animales pour vivre en bonne santé n'est qu'un message marketing insufflé par de puissants lobbies avides de l'appât du gain. Avec une population mondiale s'approchant des 8 milliards d'individus, l'illusion d'une consommation de viande occidentale accessible pour chacun est un objectif impossible à atteindre avec les capacités de cette planète, et ne semble pas judicieuse pour une telle population sur le long terme. Pour preuve, l'Homme élève chaque année 70 milliards d'animaux, dont 1,5 milliard de vaches qui consomment 170 milliards de litres d'eau par jour et 62 millions de tonnes de nourriture. En comparaison, un milliard d'êtres humains consomment 20 milliards de litres d'eau par jour et 9,5 millions de tonnes de nourriture.

La proportion totalement défavorable de ce calcul plonge les territoires agricoles dans une course à la production de céréales, soja et maïs essentiellement, destinés à 90 % à nourrir le bétail, alors que plus d'un milliard de nos congénères souffrent de sous-nutrition. Les études démontrent que l'on pourrait nourrir de façon équilibrée l'ensemble de la population humaine si les céréales à visée du bétail étaient directement distribuées à la population.

En ce qui concerne l'apport en protéines, les simulations estiment à 15 fois supérieurs le ratio énergétique des végétaux par rapport à la viande sur la même surface de terrain exploité. Nous constatons également que pour nourrir un végétalien pendant 1 an il faut compter jusqu'à 700 mètres carrés de terre, pour un végétarien ce chiffre est multiplié par 3 et pour un omnivore par 18.

Le végétalisme est donc sans conteste le mode d'alimentation la plus respectueuse de notre environnement et la plus efficace au vu du nombre d'individus présents à notre époque. L'arrêt de la consommation des animaux est donc une réforme applicable facilement et efficace immédiatement pour retrouver un partage des ressources équitables et respectant des valeurs depuis longtemps oubliées.

Enfin, l'éthique de l'exploitation animale devrait être au cœur d'une société saine et consciente guidée par la compassion, l'intégrité et le respect de la vie. Il est important de recentrer les efforts collectifs sur l'approche du sens moral et de son impact sur les autres espèces. Nous pouvons décider d'arrêter de subir passivement les pressions commerciales à l'encontre de notre probité pour poursuivre nos croyances dans un monde juste, respectant la place de chaque être le composant. C'est à vous consommateur de savoir si vous souhaitez seulement vous contenter de votre condition ou bien la transcender par vos actes.

« Faites ce que vous pouvez aussi bien que vous le pouvez chaque jour de votre vie et vous mourrez heureux. »

Janak et Arun, New Dehli, Inde

« Il ne suffit pas d'y croire. Pour que les choses changent, il faut être prêts à défendre ses idées. »
Edward Snowden

L'Inde fut le premier pays à reconnaître officiellement le NST comme devise. Cette annonce insignifiante pour les non-connaisseurs fit pourtant bondir de façon fulgurante la valeur de la nouvelle cryptomonnaie. Le jeton s'échangea d'avantage ce qui le propulsa au sommet des blockbusters du monde financier virtuel.

L'enrichissement ainsi généré par l'invention de Janak et Arun renforça les possibilités de NS Project. La ligne d'action du groupe évolua logiquement vers des retentissements politiques à grande échelle.

Siégeant désormais avec audace au conseil d'administration de NS project Inde, Janak et Arun avaient accès aux informations confidentielles de la section sécurité. Bien qu'unissant leurs forces pour un idéal commun, chaque pays possédant un parti politique de NS Project était souverain de ses décisions stratégiques et de leur utilisation irrévocable de la nouvelle manne financière du NST.

« C'est un autre niveau d'implication que l'on vous demande maintenant. Il s'agit de commencer une guerre idéologique avec des armes et vous devez choisir un camp. N'oubliez pas qu'un grand pouvoir implique de grandes responsabilités. » lança un membre influant de NS Project Chine, avec un clin d'œil.

Les états les plus vulnérables aux catastrophes écologiques et sociales se liguèrent naturellement vers une prise de position en force des leviers du changement. Ils entamèrent dans la plus grande discrétion le recrutement d'une armée d'élite équivalente aux légendaires services secrets internationaux. Cependant, ils s'étaient mis d'accord pour donner un sens étique au processus d'élimination : les cibles étaient minutieusement déterminées pour déstabiliser les climatosceptiques présents à la gouvernance tout en assurant une transition par des partisans coopérants. Les soldats triés sur le volet seront également maîtres de leurs actes en prenant connaissance du dossier complet de leur victime.

Plus modérée, la deuxième alliance opta pour une résistance via la désobéissance civile.

Forts d'un passé où la non-violence avait fait ses preuves, les deux compères se proposèrent comme superviseurs du mouvement indien, émus en s'imaginant dans la postérité aux côtés de Gandhi ou de Martin Luther King.

À l'annonce de l'attentat du Lac Titicaca, une réunion de crise de la section communication avait été convoquée d'urgence, et le chef de parti s'était montré ferme sur ses positions :

« Je vous l'ai dit, chaque filiale agit de son propre chef. Nous sommes liés par une convention internationale qui définit notre champ d'action. Il y est stipulé *que toutes les actions financées par l'organisation doivent avoir pour but d'affaiblir le système capitaliste et de convaincre l'humanité d'un retour rapide et radical à un mode de vie proche du dématérialisme complet.* Vous pensiez changer le monde avec des campagnes de publicité contre les OGM ? Dans une révolution il y a des pertes et des dégâts collatéraux. Bien évidemment, je suis contre les actions directes de tueries de masse impliquant des civils, mais pour les assassinats ciblés, je reste convaincu de leur utilité. Alors oui cette fois-ci ça a dérapé, mais ce n'est qu'un incident dans une longue guerre. Personne ne se souviendra de ces bavures, l'Histoire retiendra la Résistance contre la destruction de notre planète. L'enjeu est trop important pour raisonner à échelle individuelle, même si tout cela est bien triste.

Ne me dites pas que vous ignoriez qu'il existait un risque quand vous vous êtes engagés. Alors qu'est ce qui a changé ? La cause est toujours la même. L'élément perturbateur a déjà été éliminé de notre circuit et nous avons contribué à son arrestation par les autorités de son pays. Maintenant il va falloir redoubler d'efforts pour regagner les faveurs de l'opinion publique. Les gens aiment les histoires d'espionnage mais ils sont trop lâches pour faire eux-mêmes le sale boulot. »

Janak et Arun se replongèrent entièrement dans leur travail, toute révolution est une guerre et il devait en être ainsi pour la leur.

Judith, Birmingham, Royaume-Uni

« Solitude, serais-tu ma pire ennemie ?
Il paraît que tu es l'Enfer des dépressifs,
Et le paradis des pensifs. »
Lefa

« En cette nuit du 11 octobre à précisément 4 heures 25 du matin, un drone ennemi a largué une bombe thermo-barique qui a explosé sur notre sol national. Cette bombe dite à « effet de souffle » a détruit le site de pompage pétrolier de Aramco d'Abqaiq et a tué les 4 hommes présents. Le groupe terroriste North Sentinel a immédiatement revendiqué l'attentat dans un communiqué largement diffusé sur leur plateforme illégale NS Project Emirates. Les criminels ont eu recours au hacking de notre système de détection militaire aérien.

Cet acte est considéré par notre pays comme étant une déclaration de guerre. Nous traquerons les terroristes jusqu'à ce qu'ils paient pour leurs crimes. Tout individu se réclamant du groupe North Sentinel sera considéré comme complice de ces assassins. Notre sanction sera exemplaire et notre peine à la hauteur de la gravité de leurs actes. »

La voix neutre du traducteur retranscrivait mal l'accent d'austérité du roi d'Arabie saoudite. Judith bouillonnait de rage et de chagrin devant sa télévision. Les images de ce désert couvert de gravats faisaient remonter en elle la douleur post-traumatique. Dans son esprit, les débris de métal et de béton se confondaient avec les serviettes de bain tachées de sang au bord de la piscine.

Elle touchait Lilas du bout de ses pensées, lui caressait les cheveux tout en pleurant, la tête enfouie dans son coussin.

Comment pouvaient-ils encore sévir sans que personne ne les poursuive ? Ces tueurs ne méritaient pas de vivre alors qu'un être aussi innocent que sa fille avait disparu par leur faute. Ce roi avait l'air déterminé à les retrouver et à les supprimer mais il y en aurait sûrement toujours d'autres… Ce venin avait envahi l'espace vital des honnêtes gens. Les éco-terroristes faisaient trop de mal à ceux qui n'avaient rien demandé.

Sa vie s'était arrêtée il y a maintenant presque 6 mois. S'en était suivi une descente aux enfers, Judith plongea son désespoir dans une addiction aux antidépresseurs et Arthur noya son deuil dans l'alcool. Le couple ne put survivre à la douleur de leur passé commun.

Mais quatre semaines auparavant, un appel avait ramené Judith à la vie. Une proposition de vengeance qui réveilla en elle la haine d'une vie brisée. On lui proposa de s'insurger contre ses bourreaux en acceptant un poste de porte-parole pour le groupe politique conservateur anglais. Elle devait raconter son histoire pour convaincre le monde du danger incommensurable que représentait NS Project. Le rôle était taillé pour elle, et elle allait se lancer corps et âme dans sa nouvelle quête de sens.

Yugo, Tokyo, Japon

« Je crois qu'à force de se chercher on se perd. »
PLK

« On laisse tomber le pétrole. »

Sueurs froides dans la compagnie depuis 24 heures. L'attentat de Saudi Aramco avait bouleversé les marchés. United States Oil Fund avait annoncé sa faillite 6 heures après l'explosion de la plateforme de pompage saoudienne. Les traders du monde entier revendaient désespérément les actions pétrolières en chutes libres dans une frénésie apocalyptique. Des centaines de milliards de dollars ne valaient plus que quelques milliers. La bulle spéculative numérique de l'or noir n'était plus qu'une vulgaire flaque de boue dont il fallait se purifier au plus vite.

« Réveillez-vous jeune homme, la bourse n'attend pas ! »

Yugo fit volte-face et se retrouva nez à nez avec son manager. Le petit homme semblait flotter dans son costume noir, comme s'il l'avait emprunté à un ami pour une occasion. La réflexion le fit sourire.

« Je ne sais pas ce qui vous amuse mais ce n'est pas en rêvassant devant votre écran que vous allez placer nos actions avant la fermeture. Dépêchez-vous un peu ! »

L'homme reprit son chemin avec le visage légèrement empourpré. Malgré ses fonctions, il avait conscience de ne pas disposer de la posture et de l'autorité qu'on attendait de lui. À la seconde où il s'était retourné, il avait envié l'élégante stature de Yugo et s'était senti stupide de déranger un homme plus charismatique que lui.

Yugo avait lu tout ça en lui mais ne ressentit que très peu d'empathie. Cet homme représentait le prototype même du suiveur du système, sans conviction, sans idéal. Il ne se forgeait que sur des sentiments de convoitises amères que seule la cupidité pouvait assouvir. Il ne méritait pas d'être sauvé si lui-même ne faisait pas l'effort pour l'être.

Yugo avait rejoint depuis quelques mois les troupes de NS Project Japon. Son espoir naissait de nouveau grâce à l'engagement de ses pairs. Il avait rencontré des hommes et des femmes qui souhaitaient œuvrer pour un monde plus juste et plus en phase avec ses nouvelles valeurs. Cette communauté démultipliait la force de ses convictions et lui conférait le sentiment d'être unique parmi une entité politique révolutionnaire.

Quand il avait contacté le parti pour leur faire part de sa dévotion et leur proposer ses services, la communauté lui avait rapidement trouvé un rôle à la hauteur de ses ambitions. Puisque l'homme avait ses entrées sur le marché boursier du pays, ils lui proposèrent de miser selon les directives de l'organisation en lui promettant qu'il aurait toujours un coup d'avance. Et aujourd'hui en effet, ses achats ciblés avaient porté leurs fruits. Considérée comme l'énergie verte la plus diffusable rapidement et ayant l'impact écologique le plus faible au long terme, l'hydrogène s'était envolé suite à l'anéantissement du pétrole.

Le coup de maître du jeune trader ne passa pas inaperçu et il se surprit à avoir l'orgueil d'apprécier les félicitations de ses collègues. Il se délecta surtout de la fierté d'avoir agi pour œuvrer dans une cause qui le dépassait largement.

Eisel, Paris, France

« Ce n'est pas gentil d'être méchant,
Mais c'est plus rentable que le bonheur des gens. »
Lomepal

L'été mis du temps à arriver mais cela se fit très brutalement. Après des semaines de grisaille et de températures hivernales stagnantes, la canicule envahit la France. Des chaleurs torrides qui enflammèrent les débats sur le dérèglement climatique.

Eisel regardait à travers l'écran de son téléviseur le visage de cette petite femme aux cheveux roux qui racontait sa tragique histoire. Elle avait perdu sa fille de cinq ans dans l'attentat du lac Titicaca et expliquait avec émotion les dangers de ce groupe de fanatiques de la nature. Il était presque en larmes à la fin de l'interview tant il était touché par le récit. Lui qui avait toujours rêvé d'une descendance, il imaginait avec beaucoup d'affect ce qu'avait pu ressentir cette maman face à l'arrachement d'une partie de son être.

Les jours qui suivirent, il se mit à suivre Judith sur les réseaux et à soutenir ses combats à distance. Il envoya des dons pour les familles des victimes et relaya avec beaucoup d'implication les discours du parti conservateur anglais. Il soutenait sans relâche l'idée qu'il ne voulait pas diminuer ses libertés individuelles face à l'oppression des jeunes bobos gauchistes, sous prétexte d'un soi-disant degré de plus sur le thermomètre dans les années à venir. Il considérait qu'ils étaient aveuglés par une peur d'un événement illusoire et incertain qui permettait de manipuler les masses. Eisel ne se laisserait pas faire, il allait descendre dans les rues pour manifester auprès des résistants de son ancien monde, même si cela lui coûtait sa carrière.

Et en effet ses frasques politiques attisèrent quelques critiques journalistiques. Son cabinet lui avait également fait part de leurs inquiétudes après une interview où il laissait entendre qu'il reniait la paternité de son nouveau projet architectural « réalisé sous la contrainte de la bien-pensance », « vide de toute créativité » et « soumis au diktat des nouveaux oppresseurs écologistes ».

La mauvaise publicité du cabinet avait été relayée sur les réseaux sociaux et les médias télévisés des jeunes générations l'avaient très rapidement parodié comme un vieux grincheux privilégié.

Toutes ces tensions éveillèrent en lui le sentiment d'être totalement incompris et en décalage avec son temps. Il passait la plupart de ses journées enfermées chez lui, privé de toute motivation de se rendre dans les locaux de sa propre société et réfractaire à l'idée de croiser qui que ce soit. Il consacrait des heures entières sur YouTube pour regarder des vidéos d'hommes et de femmes partageant ses opinions.

Pourtant, quelques mois plus tard, un appel matinal vint dissiper son esprit morose.

« Bonjour Eisel, c'est Thomas le directeur financier de Kaufman and Broad, nous avons travaillé ensemble sur votre dernier projet. Comment allez-vous ?

— Oui bien sûr Thomas, comment aurais-je pu vous oublier... Ça va merci et vous ? Je suis surpris par votre appel, tout va bien ?

— Parfaitement merci. J'aurai souhaité qu'on s'entretienne sur un sujet assez différent de tout ce pour quoi nous nous sommes déjà rencontrés. Seriez-vous disponible pour un dîner demain soir ? »

Déconcerté, Eisel accepta avec prudence l'invitation du beau jeune homme.

Il eut du mal à dormir ce soir-là, son esprit vagabondant vers quelques agréables égarements.

Le lendemain, il enfila une chemise en coton qui lui affinait la silhouette tout en sublimant ses épaules larges à raison de séances intensives régulières en salle de sport. Il s'entretenait avec application et était conscient du potentiel attractif de son personnage. Une touche de parfum envoûtant clôtura sa préparation. Le rendez-vous était fixé dans un restaurant discret du quartier Montparnasse.

L'ocytocine imbibait le cerveau d'Eisel quand il rejoint Thomas déjà installé à une table à l'écart des oreilles indiscrètes. Le jeune homme se leva à l'arrivée de son invité, ornant un sourire franc et chaleureux.

« Je suis ravi de vous revoir Eisel ! Installez-vous, je me suis permis de nous commander deux verres de chardonnay en apéritif, il me semble que c'est votre préféré ? »

Enchanté par cette attention, Eisel se sentit directement en confiance.

« Je t'en prie tutoie-moi, on n'est pas au bureau ! »

Ils commencèrent leur discussion par quelques formalités en se remémorant les souvenirs communs du projet professionnel. Le serveur prit la commande, une salade du marché pour Thomas et une dorade pour Eisel. La conversation était fluide et agréable, les deux hommes présentant un réel intérêt l'un pour l'autre.

Une fois les assiettes entamées, Thomas posa un instant ses couverts et regarda son interlocuteur avec une intensité nouvelle :

« Je vais être franc avec toi, je me suis beaucoup renseigné à ton sujet. »

Eisel, surpris mais flatté, rétorqua avec un air amusé :

« Je ne savais pas que je pouvais encore exercer ce genre d'obsession », Thomas rit à la boutade et repris plus sérieusement :

« Écoutes, je sais que tu as réussi ta carrière professionnelle avec excellence et que ta vie est un modèle pour de nombreux jeunes entrepreneurs. Mais je sais aussi que sur le plan personnel, tu as un sentiment d'inachevé. »

Eisel se sentit immédiatement mis à nu, en une fraction de seconde l'effet euphorisant du vin se dissipa.

« Désolé d'aborder le sujet sans préambule mais si je t'ai fait venir ce soir c'est pour te faire une proposition unique. »

Eisel ne savait plus s'il devait encore espérer une fin de soirée réjouissante ou bien s'il s'était fait berner par un jeune homme plein d'ambition qui avait joué sur la vulnérabilité de sa solitude pour l'attirer dans ses filets.

« On m'a affirmé de source sûre que tu as toujours regretté de ne pas avoir eu d'enfants et que ce manque de paternité était douloureux pour toi. »

Mais comment pouvait-il être au courant de ça ? Seuls ses amis très proches étaient dans la confidence et c'était un sujet sensible qu'il préférait enfouir au fond de son cœur. La tournure inattendue que prenait la discussion le mettait mal à l'aise.

« Oui je pense que fonder une famille doit être une expérience de vie sans doute essentielle, mais où veux-tu en venir ? »

Attentif au froncement de sourcil d'Eisel, Thomas radoucit le ton de sa voix :

« Je te comprends, pour moi aussi être père a toujours été un désir profond. C'est pourquoi on a décidé d'adopter deux petits garçons il y a quatre ans. »

Il sortit son téléphone et afficha la photo de deux

bambins souriants, jumeaux sans l'ombre d'un doute.

« Ma femme Élise est atteinte d'endométriose, les douleurs étaient si intenses qu'on a dû faire le choix d'une opération qui la rendrait stérile pour qu'elle arrête de souffrir. C'était une décision terrible pour nous, le renoncement d'une vie qu'on s'était toujours imaginée. Je la soutenais du mieux que je pouvais, je ne voulais pas qu'elle se sente responsable de la situation. C'est la femme de ma vie tu comprends, j'étais prêt à tirer un trait sur la vie de famille pour ne jamais la perdre. »

Eisel était tombé de haut. Bien que compatissant au sort de Thomas, il se sentait stupide d'avoir pu croire que cette soirée était un rendez-vous galant. Soudain, il regrettait tout son petit numéro et l'odeur de son parfum sur-dosé l'envahissait de honte.

« Je ne savais pas que tu étais marié... Hum... Je suis désolé pour ce qu'il vous arrive.

— Merci, je savais que tu aurais la sensibilité nécessaire pour comprendre la situation. Mais je ne te dis pas tout ça juste pour me plaindre, en fait je voulais te raconter mon histoire car je crois qu'elle pourrait te concerner aussi. »

Désarçonné et en même temps rempli de curiosité, Eisel l'invita à poursuivre.

« Voilà, donc on ne savait pas vraiment comment résoudre notre malheur et nous avons cherché des solutions alternatives, notamment par le biais de la procréation médicalement assistée par exemple. Et c'est à ce moment-là qu'Élise a entendu parler de North Sentinel. »

Eisel se raidit sur sa chaise, il sentait le piège de la propagande se refermer sur lui.

« Je sais que tu ne les affectionnes pas particulièrement, mais s'il te plaît, ne te braque pas. Du coup, elle a été contactée par NS Project pour une proposition. Ils lui ont d'abord fait part de leur position sur la PMA et nous ont invités à lire les thèses du Dr Swann, ainsi que leurs propositions de campagne. En effet, ça nous a fait réfléchir sur l'idée que l'on se faisait de la parentalité. Nous savons que la surpopulation est un enjeu majeur de notre société et qu'y contribuer sans en prendre la mesure des conséquences est devenu un acte irresponsable pour les générations futures. Nous ne pouvons pas vouloir des enfants sans leur assurer un avenir sécurisant, c'est notre devoir en tant que futurs parents. Puisque nous ne pouvons pas avoir d'enfant naturellement, alors nous pouvons décider consciemment de devenir parents par choix.

NS Project est largement favorable pour faciliter les adoptions en soutenant toutes les personnes souhaitant créer une famille. Ils pensent qu'il faut d'abord mettre à l'abri les enfants déjà présents sur cette planète avant d'envisager d'en créer d'autres de façon artificielle. Et c'est comme ça qu'on a rencontré nos deux fils, NS Project nous a facilité toutes les démarches et maintenant nous n'aurions jamais pu rêver d'une si belle famille que celle que nous formons désormais. Élise et moi sommes les parents les plus heureux du monde. »

Eisel ne comprenait toujours pas où il voulait en venir. Son histoire était certes touchante, mais le simple fait d'évoquer cette bande de djihadistes écologistes le rebutait au plus haut point.

« Je suis heureux pour toi Thomas, mais quel est le rapport avec moi ?

— J'allai y venir. Je me suis engagé dans la section démographie de NS Project. Je m'occupe de mettre en relation des enfants issus de la protection de l'enfance avec de potentiels parents et j'ai beaucoup d'espoir pour que tu deviennes l'un d'entre eux.

— Je t'avoue que je ne me serais jamais attendu à ça en te rejoignant ce soir. » avoua Eisel totalement déconcerté.

« Mais enfin je crois que tu te plantes dans le profil, je suis un homme seul de bientôt 52 ans. Je n'ai pas vraiment les compétences pour m'occuper d'un bébé. »

Le regard de Thomas scintilla de plus bel :

« Justement, c'est exactement quelqu'un comme toi que je recherche. Les bébés sont assez faciles à placer à l'adoption car ce sont plutôt des jeunes couples ou des jeunes gens seuls soutenant les idées de North Sentinel qui se présentent à nous avec toute la conviction nécessaire pour les éduquer. En revanche pour les adolescents, c'est très difficile. Nous devons faire en sorte de rapprocher des individus ayant déjà une personnalité bien affirmée et la création de ce lien est indépendante de notre volonté. Mais depuis que je t'ai rencontré Eisel j'ai senti que tu serais un parfait père pour Arya. »

Thomas sortit de son sac quelques photos et les posa délicatement sur la table. Une jeune fille frêle, à la chevelure blonde sauvage et aux yeux noisette, apparu pour la première fois devant Eisel.

« Elle a 14 ans, elle est pleine de ressources et de créativité. Elle vit en foyer depuis que sa mère est décédée il y a 7 ans d'un accident de voiture. Elle n'a jamais connu son père et nous ne lui connaissons aucune famille proche. »

Troublé, ensevelit sous l'éboulement de ses sentiments multiples, Eisel ne trouvait pas les mots.

« Je sais que tout ça est énorme et qu'il faut que tu intègres toutes les informations que je viens de te dire. Je ne veux te mettre aucune pression, juste t'ouvrir la possibilité d'une rencontre avec elle. Ça ne t'engage à rien, c'est simplement une chance de la connaître. Je te donne un dossier contenant plus d'informations sur elle, tu y trouveras plusieurs documents qu'elle nous a confiés pour son futur adoptant. Tu en fais ce que tu veux Eisel, comme je t'ai dit tout à l'heure c'est une simple proposition de notre part. NS Project s'engage à t'aider dans toutes les démarches menant à l'adoption. »

Linda, Conakry, République de Guinée

« J'ai fait la guerre pour habiter Rue de la Paix. »
Booba

Présidente respectée et populaire en début de mandat, la politique écologique de Linda avait fait parler d'elle au-delà des frontières. Le président gabonais avait été le premier à souhaiter s'allier solidement avec cette république montante. Les accords commerciaux et politiques avaient permis de créer des emplois et d'améliorer les conditions de vie dans les zones rurales. Les choix agricoles furent orientés sur les besoins nationaux avant les exportations et le pays se mit à produire une partie de son énergie, en exploitant le gros potentiel hydroélectrique de l'alliance du relief et de la pluviométrie concentrée sur des barrages le long du fleuve Konkouré.

Linda avait lu les thèses du Dr Swann et adhérait à certaines de ses idées tout en rejetant sévèrement d'autres. Bien qu'elle-même fût plutôt dans l'application pratique de réformes fermes pour faire avancer une société qui décline, elle trouvait sa communication encore moins attrayante que la sienne sans relecture par Aly. Ils en avaient d'ailleurs beaucoup parlé tous les deux et s'inquiétaient profondément pour l'avenir de leurs enfants. Aly avait espoir que l'humanité change doucement face aux appels incessants du climat alors que Linda, plus pragmatique, était bien consciente que seul un régime autoritaire de décroissance aurait réellement un impact. Et plus son mandat avançait, plus elle se rendait compte de l'ampleur de la tâche. Malgré ses efforts et son parcours exemplaire à la tête du pays, elle prit conscience qu'elle ne pouvait pas lutter contre certains gros lobbys ou contre le bien-être rudimentaire de son propre peuple. Épuisée mais inébranlable, elle avait parfois l'impression de nager vainement à contre-courant.

C'est au terme d'un mandat à bout de souffle que NS Project la contacta. Les sondages étaient vacillants pour une deuxième législature et sa motivation s'était quelque peu fissurée sous les coups de griffes des compagnies canadiennes qui exploitaient les réserves de bauxite au détriment de la forêt équatoriale déjà menacée par le braconnage.

Ils lui proposèrent une place de choix dans leur politique internationale. Elle pourrait être le visage d'une révolution verte puissante et concrète. Une ambassadrice aussi populaire et moderne que son message.

La décision fut prise au terme d'une longue réflexion avec son mari et ses enfants.

Lorsque Linda regardait sa famille, elle était convaincue d'avoir accompli le plus beau projet de sa vie. À l'annonce de sa première grossesse, elle avait été prise de panique à l'idée de ne pouvoir assurer pleinement son rôle de mère. Tout d'abord parce qu'elle refusait catégoriquement que cela influe sur son ambition professionnelle, et ensuite, parce qu'elle craignait de ne pouvoir ressentir l'instinct maternel, ses émotions étant plutôt transposées en réflexions rationnelles complexes qui ne laissaient que peu de place à ses sens cognitifs. La difficulté de comprendre ses congénères adultes s'ils ne formulaient pas clairement leurs désirs donnait peu d'espoir à Linda pour comprendre un bébé sans aucune règle de syntaxe. En adéquation avec son esprit cartésien, elle gagna de l'assurance en apprenant presque par cœur les piles de livres de maternité sélectionnés minutieusement par des indicatifs clés et les bachota jusqu'à être fin prête pour son examen final. Cuirassée derrière son savoir encyclopédique, elle s'occupa consciencieusement du bien-être de sa fille mais se trouva tout de même régulièrement confrontée à des situations non répertoriées dans sa science. C'est ainsi qu'elle appris à son tour, et comme toutes les mamans du monde, que malgré tout son dévouement elle ne pourrait pas répondre à toutes les exigences physiologiques et psychologiques de ce petit humain. La chair de sa chair s'affirmait de jour en jour et s'épanouissait gracieusement dans toutes les facettes de sa personnalité sous ses yeux émerveillés. Bien que le constat fût difficile à accepter, elle comprit l'existence d'une part d'imprévu dans le tempérament et les actes de son adorable fille qui viendraient toujours perturber l'organisation parfaite de ses plans. Cette leçon s'avéra bien utile plus tard, en faisant d'elle une femme politique avertie.

C'est pour cela que Linda et Aly avaient lancé le concept d'« intervention familiale », comme ils aimaient appeler leur substantielle réunion sur des sujets qui les préoccupaient pour évoquer en amont toutes les sollicitudes sur un pied d'égalité.

Ils s'étaient regroupés sur des coussins dispersés sur le grand tapis du salon, avec en guise de préambule un plat remplit de Kagna, petites boules à base de pâte d'arachide, de semoule de maïs et de sucre, préparées avec amour par Aly. Les pâtisseries régalèrent les gosiers autant qu'ils les asséchèrent et c'est en buvant plusieurs gorgées d'eau entre les prises de parole que chaque membre de la famille exprima son ressenti concernant le recrutement de Linda au sein de NS Project. Il en résulta une approbation collective avec pour seule condition irréfutable que la famille n'eut jamais à se séparer aussi bien géographiquement que philosophiquement.

Linda s'engagea ainsi auprès de l'organisation en imposant son droit d'être accompagnée de ses proches à chaque déplacement et de condamner férocement le groupuscule extrémisé de son nouveau parti politique.

Eisel, Paris, France

« Tu sais moi je t'aime à en mourir,
Encore plus fort, je t'aime à en survivre. »
Kery James

Posé sur le bureau d'Eisel depuis plus d'une semaine, le dossier bleu clair d'Arya était résolument fermé. Il exerçait pourtant une attraction démentielle chez l'architecte.

Depuis son entretien avec Thomas, il dormait très peu et son sommeil était entrecoupé de l'image de la jeune fille. Rien que son nom résonnait en permanence dans son esprit. Il s'était résolu à lire quelques lignes sur l'engagement de NS Project France dans leur combat pour faciliter l'adoption plutôt que de soutenir les PMA. Des témoignages bouleversants de familles ainsi formées venaient étayer leurs propos.

« Si la démographie croissante représente une menace pour l'avenir de notre société, il est de notre devoir moral d'assurer aux enfants de chaque horizon un cadre familial aimant et protecteur. Par familial, NS Project entend simplement un ou plusieurs individus souhaitant s'engager pleinement dans l'éducation, la protection et l'amour d'un ou plusieurs enfants. Nos collaborateurs vous proposent ainsi de vous accompagner dans les démarches depuis la rencontre jusqu'à l'arrivée de l'enfant dans votre foyer. Chaque adoption est unique et personnalisée, l'enfant et le parent doivent se choisir mutuellement à la suite de plusieurs entrevues et au bout du temps nécessaire à chaque partie pour faire son choix en toute conscience. »

Bien malgré lui au départ, Eisel dû se résoudre qu'il était d'accord sur la définition de la famille apportée par North Sentinel. Il avait toujours été persuadé qu'une famille était un groupe de personnes ayant choisi de s'aimer, s'entraider et se protéger au-delà des convictions personnelles. Certains ont la chance d'en posséder une à la naissance, d'autres doivent se la créer de toutes pièces.

Lui aimait profondément la sienne malgré les différences et l'éloignement de la vie, il savait intrinsèquement qu'ils étaient irremplaçables. Il se questionna longuement sur sa raison de vivre profonde, si tout ce qu'il avait réalisé jusque-là lui suffisait ou si biologiquement le fait de ne pas avoir été père entravait la paix de son âme.

Déchiré entre l'impression de soutenir les terroristes culturels et l'envie de connaître Arya, il finit par attraper avec tension le dossier de la jeune fille.

À l'ouverture, Eisel fut surpris. Il s'attendait à trouver des documents administratifs tels que son acte de naissance, sa carte d'identité ou même un bilan médical. Bien plus bouleversant que ce qu'il imaginait, il découvrit avec tendresse des dessins, des photos et même une poésie manuscrite. Elle avait également rempli un questionnaire proposé par NS Project pour décrire ses attentes et ses espoirs.

« Je voudrais juste avoir auprès de moi quelqu'un pour qui je suis unique. »

Eisel attrapa instinctivement son téléphone :

« Thomas c'est Eisel, je suis prêt à rencontrer Arya. »

***

Le foyer était situé en région parisienne, près d'un parc municipal qui fut choisi comme lieu de rencontre. Les allées proprettes étaient bordées de petits bosquets taillés en boules de la taille de gros ballons de football, qui semblaient prêts à tomber au milieu de la petite mare avoisinante où barbotaient des canards affairés.

Eisel était arrivé une heure avant le rendez-vous, exalté comme il n'avait jamais été de sa vie pour rencontrer une personne. Son cœur bondissait dans sa poitrine et il marchait en cercles incessants pour apaiser son survoltage. Thomas arriva trente minutes plus tard, accompagné de deux femmes aux cheveux argentés.

« C'est un plaisir de te revoir Eisel, tu n'imagines pas comme je suis heureux de ta décision ! Je te présente Régine et Françoise, elles sont ici pour retrouver Jordan, c'est leur troisième entrevue. Mesdames je vous présente Eisel, il va rencontrer Arya pour la première fois. »

Les deux femmes accueillir avec chaleur le nouveau venu et le rassurèrent avec beaucoup d'enthousiasme :

« C'est fantastique vous allez voir ! Ne vous mettez pas la pression, c'est une simple rencontre. Les choses se feront naturellement si cela doit se faire. »

— Oui pour tout vous dire, de notre côté, dans notre tête Jordan est déjà un membre de la famille, il nous manque à chaque fois que nous le quittons ! »

Elles avaient l'air aux anges et Eisel se remplit d'espoir.

Quand il aperçut Arya pour la première fois, il eut l'impression de déjà la connaître. Il avait tellement imaginé et rêvé cette rencontre qu'elle lui paraissait presque comme un déjà-vu.

Jordan, un garçon de 15 ans qui en paraissait 20, couru dans les bras de Régine et Françoise. Leurs retrouvailles se firent dans les rires et les éclats de joie. Cela détendit un petit peu la gêne du premier échange entre le futur père et la fille. Ils se saluèrent, gênés, et décidèrent timidement de se faire la bise. Thomas leur proposa ensuite d'aller faire un tour tous les deux pour apprendre à se connaître tranquillement.

Les premiers pas étaient hésitants mais Eisel ouvrit la discussion en félicitant la jeune fille pour son poème et ses dessins. Rapidement la conversation se fluidifia et ils se posèrent des questions l'un l'autre pour apprendre à se connaître. Arya était une jeune fille douce mais dynamique, ses réponses étaient précises et ses questions pertinentes. Il décela chez elle une maturité teintée de créativité. Il passa un excellent moment qui lui sembla beaucoup trop court.

De retour auprès du groupe, les deux savaient déjà qu'ils souhaitaient se revoir très vite et Thomas décela tout de suite qu'il avait visé juste.

Partie 4 : Division

1 an avant le Basculement

Thèses du Dr Swann :
Publication universitaire année 2023

Extrait de North Sentinel :
Surpopulation et mode de consommation moderne

D'autre part, au vu des siècles passés en autarcie sur ce petit territoire, nous pouvons émettre l'hypothèse que les Sentinelles régulent les naissances. En effet, toutes les courbes démographiques connues seraient parvenues à la conclusion d'une surpopulation évidente après quelques générations. Peut-être qu'étant conscient du peu de ressources à leur disposition, ou bien simplement par coutume, le groupe a dû mettre en place un système permettant de garder un nombre d'individus stable. De ce fait, la consommation du groupe reste en correspondance avec leur environnement au fil des années.

Ensuite, le peuple de North Sentinel ne semble pas être composé de grands bâtisseurs. Aucune construction et aucune zone de déforestation ne sont visibles en survolant l'île. Ces hommes semblent vivre sous la protection de la forêt avec des bâtiments ne dépassant jamais la cime des arbres. Leur consommation de matière première est donc tout à fait minime.

L'Histoire de notre humanité a démontré une volonté commune des sociétés de grandir, s'étendre géographiquement, culturellement et économiquement. La quête d'une nation puissante, riche et nombreuse qui influe sur l'ensemble du globe. On craint la population vieillissante et on souhaite des naissances à tout prix. Ce désir de se multiplier couplé aux progrès de la médecine et à celui du confort de vie, provoque une bombe démographique. La population mondiale a doublé en moins d'un siècle et cela ne cesse d'accélérer de façon exponentielle. Dans notre société, où la plus grande terreur est celle de la solitude, une existence réussie est forcément associée à la notion de famille.

Cependant, cette nouvelle masse d'individus réclame proportionnellement de la nourriture, de l'eau potable, de l'énergie et des biens matériels. L'importation de marchandises, provenant d'autres nations, tente de maintenir la prospérité du niveau de vie exigé mais tend à sa limite. Nos calculs projettent à 2 milliards maximum le nombre d'humains pouvant prétendre au confort de vie occidentale sur du long terme.

La régulation de notre système doit donc se répartir en deux axes : la baisse de la démographie et la décroissance du mode de consommation jusqu'à atteindre une standardisation accessible à tous.

En ce qui concerne la pression anthropique, la diminution progressive peut être assurée par une politique de limitation à un enfant unique. Avec un programme économique adapté, seule cette solution apporte un une réponse concrète au problème. De plus, la libération de cet espace de vie, en temps et en argent supplémentaire pour chaque foyer, permet de créer des richesses additionnelles disponibles et distribuables à l'ensemble du système. Autre avantage, en diminuant la somme totale de la population infantile, une meilleure prise en charge des individus plus fragiles est envisagée, assurant une solidarité plus fraternelle. Les structures obtiendront ainsi plus de moyens pour s'aménager en équipements spécialisés dans le handicap ou la personnalisation de l'éducation. Il s'agit de privilégier la qualité de vie de chacun aux dépens de la simple subvention à leur existence.

Ainsi, nous prônons également la facilité des conditions de l'adoption pour permettre à chaque enfant d'avoir la chance de grandir dans un foyer qui lui apportera les besoins rudimentaires émotionnels. Pour ce faire, nos psychologues affirment que la nature de la famille d'accueil n'est pas un critère déterminant, mais qu'en revanche, les choix conscients de l'adoptant et l'adopté doivent être protégés à tout prix. La procréation médicalement assistée semble être une option secondaire, l'accès à la parentalité devant être d'abord favorisé aux enfants déjà présents parmi nous et n'ayant pas la chance de grandir dans un cadre sécurisé et aimant.

En ce qui concerne le deuxième axe, il est inhérent à la surpopulation. En effet, tous les humains ne sont pas responsables de la même façon en ce qui concerne l'impact écologique. Bien que l'humanité cherche irrésistiblement à améliorer son confort, le mode de vie moderne est responsable de la majorité des dégradations naturelles. La croissance ne peut pas durer indéfiniment dans un monde aux ressources finies. Le jour du dépassement, correspondant à la date précise du calendrier annuel où l'humanité a consommé l'ensemble des ressources que peut produire la planète dans ce même laps de temps, est actuellement placé en juillet mais ne cesse d'avancer depuis sa création.

Dans une société guidée par le matérialisme et le culte de l'avoir, la quête effrénée du paraître pour satisfaire les âmes en perdition est une source fabuleusement lucrative pour les plus véreux. Le consommateur doit réinvestir son pouvoir financier dans une justice sociale et une satisfaction dans le minimalisme, apaisant sa recherche de sens tout en défendant ses convictions au-delà des normes abusives imposées par ses geôliers.

« L'existentialisme est un humanisme. »

Mike, Montana, États-Unis

« Le mauvais temps ce n'est pas le froid ou le gris,
C'est ce qu'on s'était juré, qu'à force on oublie. »
Oxmo Puccino

Ce fut bien plus tard que le profil de Mike fut réellement repéré par l'organisation. On le contacta par mail afin de lui proposer un entretien pour un poste important au sein de NS Project USA. Après un examen de son profil professionnel et psychologique, une évaluation de son engagement au sein du groupe et une signature d'un contrat de confidentialité, Mike vécu la scène la plus surprenante de son existence.

Escorté par des membres de confiance de North Sentinel, il pénétra dans un bureau sécurisé attenant au local du shérif de la capitale de l'état. La pièce paraissait assez spacieuse grâce au grand miroir sans tain qui couvrait le mur opposé à la porte d'entrée. Une table ovale trônait en son centre et trois chaises l'entouraient, deux d'entre elles étant déjà occupées par ses interlocuteurs : le shérif, reconnaissable par son insigne étoilé brillant sur sa poitrine et un homme avec des lunettes à écailles et un costume bleu marine qui se présenta à Mike comme faisant partie des membres infiltrés du personnel du pentagone. C'est ce dernier qui s'adressa à l'invité, l'autre n'étant que le garant du secret de la rencontre.

« Vous comprenez bien que l'enjeu de nos actions dépasse très largement le simple cadre de la loi fédérale. Nous forgeons de nos convictions le système politique dans lequel nous souhaitons vivre. Nous voulons être acteur du changement car il ne peut se faire par lui-même. »

Il réajusta ses lunettes avant de poursuivre :

« Ce que nous vous demandons désormais relève de l'évènement historique, nous allons agir pour révolutionner notre monde et sauver un maximum de vies.

Avez-vous déjà entendu parler des méthodes des services secrets ? Comme eux, nous attendons votre aide pour des éliminations ciblées. »

Ébranlé par cette requête totalement inattendue, Mike se donna plusieurs jours pour réfléchir.

Il ne détestait pas les Hommes, bien que de nature solitaire, il savait apprécier la compagnie de ses congénères et ne leur voulait aucun mal. Il avait simplement appris qu'il ne fallait rien attendre d'eux mais simplement prendre sans rechigner ce que le moment présent donne.

Il avait conscience de la monstruosité de certains mais était persuadé que la majorité d'entre eux n'étaient que de simples pécheurs, trop paresseux pour s'inquiéter d'une moralité assurant pourtant le bonheur de tous, avec toujours cet individualisme lâche où ils se morfondent sous couvert de normes globalisées.

Lui ne voulait pas faire partie de cette masse inactive et complaisante. Il voulait se battre pour sauver les êtres justes comme les chevaux de son enfance ou Helena. Il leur devait allégeance car eux étaient d'une loyauté inébranlable.

Sa décision était prise, il serait un chevalier de NS Project.

Judith, Londres, Royaume-Uni

« Je n'ai pas tourné la page, je l'ai déchiré. »
PNL

« Le monde souffre de la gangrène terroriste, la folie des extrémistes de North Sentinel qui prennent la vie de nos proches. Demain ils pourraient vous prendre vos parents, vos frères et sœurs, votre femme ou votre mari et même, comme ils l'ont fait pour moi, vos enfants. »

La voix de Judith se brisa dans un sanglot. Le public écoutait ses paroles avec une pitié mêlée d'un voyeurisme déplacé. Elle le ressentait bien évidemment, mais elle se satisfaisait de l'attention qu'on portait à sa peine. Son temps d'écoute était démultiplié par les invitations sur les chaînes d'informations télévisées et celles des réseaux sociaux de groupes conservateurs et traditionnels. Elle racontait sans cesse le pire jour de sa vie et cela lui permettait d'exorciser son souvenir. Mais au milieu des nombreux messages de soutien qu'elle recevait, cette nouvelle médiatisation l'avait aussi jeté en pâture aux commentaires haineux de certains féroces partisans de NS Project. Ainsi, elle avait pu lire des propos acerbes du type : « Elle l'a bien cherché cette inconsciente qui prend un vol de 10 000 km pour une semaine de vacances dans un complexe touristique des plus infâmes au monde » ou bien « C'est triste pour cette petite fille mais ce n'est qu'une victime collatérale d'un projet qui dépasse largement l'individualisme de ses parents égoïstes et stupides ».

C'était dur pour elle qui n'avait jamais fait l'objet du centre de l'attention, beaucoup remettaient en cause sa responsabilité dans la mort de sa fille adorée. À sa deuxième apparition télévisée, Arthur l'avait appelé en furie :

« Comment tu oses monétiser l'histoire de notre fille ? Tu tires parti de sa mort pour te rendre célèbre et faire la pleureuse sur les plateaux télé ? Je t'interdis d'utiliser Lilas comme publicité, tu me fais honte ! ».

Elle lui avait rétorqué pleine de rage :

« Mais enfin je fais ça pour elle ! Que sa mort serve à prévenir le monde de la monstruosité de ces criminels ! Au moins elle ne sera pas morte pour rien ».

La discussion s'était close par un tranchant :

« Je ne veux plus jamais avoir affaire à toi » d'Arthur.

Au fond de son cœur elle savait qu'Arthur avait raison sur un point, elle faisait surtout ça pour elle. Elle en avait besoin pour survivre à sa névrose mais elle ne se l'avouait que dans des brefs répits de haine. Le soutient des milliers de contradicteurs de NS Project la confortait dans sa voie, qu'elle exerçait avec de plus en plus de conviction et de panache.

Janak et Arun, Inde

« Je crois que j'ai assez d'amour dans le cœur
pour vous faire la guerre. »
Kaaris

La première action de Janak et Arun fut une incitation massive à la débancarisation pour placer les économies citoyennes dans le NST, libre de toute contrainte autoritaire par l'État. Ainsi désenchaînés de la crainte de se voir bloquer leur argent, les révolutionnaires pouvaient mener d'autres désobéissances civiles, toujours pacifiques, à visage découvert.

Ainsi, les portes de plusieurs multinationales furent mises sous siège d'indéboulonnables manifestants puis des boycotts complets de certains produits, voir de marques entières, contraintes de s'adapter promptement aux nouvelles exigences de leurs consommateurs. Les firmes licencièrent en masse pour faire face à la crise, ce qui ne fit qu'augmenter la division sociale entre révolutionnaires et salariés précaires.

En effet, bien que l'Inde se place dans les premiers exportateurs de céréales au monde, entre 200 et 300 millions d'Indiens souffriraient de malnutrition du seul fait de la faiblesse de leurs revenus.

Pour parer à cette inégalité sociale, ils avancèrent ensuite l'idée d'un financement octroyé à chaque personne souhaitant se reconvertir dans les professions compatibles au développement durable, apaisant un peu les revendications des récents chômeurs. Le système prit assez d'ampleur pour qu'ils décident d'ouvrir une école qu'ils nommèrent : Université Nationale Indienne des Métiers de l'Écologie : UNIME.

Le discours d'inauguration proclamé par Janak, et timidement soutenu par Arun fut couronné de succès :

« Cette université accueillera tous les Indiens sans distinction d'âge, de sexe ou de classe, pour construire ensemble le pays dans lequel nous seront fiers d'habiter demain. Nous offrirons une bourse d'étude à tout candidat nous prouvant son mérite et sa motivation dans l'effort collectif pour bâtir une société plus juste et plus respectueuse de toutes les formes de vie. Vous apprendrez à produire sans détruire, à réparer sans jeter, à protéger sans attaquer, à consommer sans opprimer, à vous déplacer sans brûler, à manger sans priver, à partager sans voler, à éduquer sans manipuler et surtout à croire enfin dans la possibilité d'un avenir meilleur. Nous pouvons lutter ensemble par les armes universelles de la connaissance pour annexer enfin le pouvoir sur notre destin. »

Le soir même, les parents de Janak et la mère d'Arun avaient accueilli leurs fils prodiges en leur sautant dans les bras. Sur la grande table du salon paradait, avec tout le prestige d'un plat longuement préparé, un somptueux Biryani, plat traditionnel parfumé à base de riz et de viande.

À la vue de cet affront à leur régime végétarien adopté depuis leur adhésion au NS Project, les deux amis n'eurent pas la force de réprimander les parents subjugués par leur réussite.

« Bon, on va dire que ce sera la dernière fois ? » proposa Arun à Janak.

« La der des der mon frère. »

Ils partagèrent avec les mains le mets délicieux qui régala leurs papilles mais laissa un goût amer de culpabilité dans leur cœur.

Yugo et Keith, parc national de Nikko, Japon

« Le meilleur moyen de réaliser l'impossible
est de croire que c'est possible. »
Alice au pays des merveilles

« Si j'avais su quels effets ce bouquin allait avoir sur toi, je ne crois pas que je t'en aurai parlé. »

Keith, d'un air faussement perplexe, se tenait au milieu d'une parcelle agricole vierge sur les hauteurs du Nikko National Park.

Yugo lui prit la main, plein d'enthousiasme :

« Regarde c'est magnifique ici ! Imagine-nous, tous les deux à cultiver notre potager et récupérer l'eau de la source, nous aurons tout l'espace qu'on veut et on pourra vivre sans demander l'aide de personne. »

Depuis quelques semaines, l'idée de créer une habitation totalement autonome avait germé dans l'esprit du jeune homme. Il avait étudié la consommation énergétique nécessaire pour deux personnes et celle que pouvait produire un foyer fonctionnel sans être alimenté par l'extérieur. Il avait lu des livres sur la permaculture, ce concept inventé dans son pays par Masanobu Fukuoka, qui permet d'obtenir des récoltes abondantes par la valorisation des interactions entre les espèces végétales pour qu'elles fournissent suffisamment de nourriture au couple sans les exploiter. En étudiant professionnel et méthodique, il avait analysé, modélisé et budgétisé le projet. Avec leurs moyens financiers importants, ils pouvaient s'offrir une grande parcelle de terrain très prometteuse.

Il se tourna vers sa fiancée :

« Je ne veux plus voir tous ces gens, je n'ai plus envie de faire partie de leur société malade, je veux que l'on crée la nôtre. Nous serons au-dessus des lois, libres de vivre à notre rythme avec nos propres règles. On travaillera pour nous et nous arrêterons définitivement de participer à leur effondrement. »

Au fond de son cœur, Keith savait qu'il avait raison. C'était dur d'accepter ce changement de vie précipité mais elle avait conscience de sa nécessité. De plus, sa mère récemment à la retraite avait décidé de venir rejoindre sa fille unique au Japon. Elle n'imaginait pas du tout cette femme, à l'âme résolument hippie, perdue au milieu de l'agitation de Tokyo sans parler un mot de japonais. Elle allait adorer ce lopin de terre calme et voluptueux avec une vue imprenable sur les cimes du mont Nikko-Shirane.

C'est ainsi que le couple choisit de quitter leur poste prestigieux en finances pour se lancer dans ce projet fou et pourtant si raisonnable.

Mike, San Ramon, Californie

« On est capable du meilleur comme du pire,
Mais c'est dans le pire qu'on reste les meilleurs. »
Médine

Posté au 3e étage d'un petit immeuble de San Ramon en Californie, Mike attendait le signal. Son œil vissé contre la lunette de son arme, sa concentration était maximale. Il voyait successivement apparaître dans le cadran de la fenêtre du 2e étage du bâtiment voisin le directeur marketing et l'attaché de presse de la compagnie Chevron.

La multinationale a établi son siège social dans cette petite commune de moins de 100 000 habitants, à l'abri des regards accusateurs de l'opinion publique. L'entreprise pétrolière créée il y a plus de 100 ans a en effet bien mauvaise réputation dans la sphère écologiste. Dixième compagnie la plus rentable du monde avec presque 200 milliards de dollars de chiffre d'affaires, elle se positionne également à la deuxième place du groupe le plus polluant de la planète avec un rejet de gaz à effet de serre s'élevant à plus de 43 milliards de tonnes de CO_2 et affiche de surcroît une politique d'exploitation plus que douteuse. Ainsi au Nigeria, ils sont accusés de meurtres envers des manifestants pacifistes dénonçant le manque de retombées économiques de leurs plateformes pétrolières au niveau local. En prime, pour parfaire leur palmarès, ils sont à l'origine d'une déforestation massive de la forêt amazonienne en Équateur dans le parc national Yasuni, berceau d'une biodiversité en péril et du peuple Huaoranis à la limite de l'extinction à la suite des pollutions excessives engendrées par le géant américain.

Il n'avait pas fallu trop d'efforts pour convaincre Mike d'entrer en action. Le comité de défense de NS Project USA avait tenu à ce qu'il soit informé de tous les éléments les ayant conduits à choisir cet homme. Un plan avait été établi par avance par les cerveaux espions du groupe pour placer le futur remplaçant du défunt, un cadre préalablement introduit dans l'entreprise depuis plusieurs mois. C'est en présence du dossier avec les tenants et les aboutissants de son acte que le tireur avait eu le choix d'accepter ou de refuser la mission.

Pour la première fois dans sa longue carrière de preneur de vie, il avait senti le respect qu'on accordait à son acte et on lui avait demandé son consentement éclairé. L'armée ne lui avait jamais fait cet honneur, il devait éliminer telle personne car c'était les ordres, et bien plus d'une fois il avait ressenti un doute énorme sur la véritable nature éthique de son geste. Son état post-traumatique n'avait jamais été clairement nommé par ses supérieurs hiérarchiques, il fut simplement écarté pour fragilité émotionnelle.

Deux jours plus tôt, il avait confié Helena à une membre de North Sentinel et avait plongé son regard dans le sien :

« Je fais ça pour toi, je fais ça pour vous tous. »

Un élu local leur fournissait les coordonnées exactes du PDG et un agent du FBI assurait une faille dans sa protection personnelle ce qui accordait plus de 15 minutes à Mike pour déguerpir avant l'arrivée des renforts. Sa fuite était assurée par des membres du groupe, payés au préalable en NST, qui souhaitaient participer à leur niveau à la révolution verte. Le condamné devait se présenter d'une minute à l'autre à l'entrée du bâtiment, entouré seulement de son agent de sécurité et de son assistante personnelle.

Le système d'alerte crypté de Mike se déclencha. Trente

secondes environ avant l'apparition de la cible. Il ajusta son angle et posa son doigt sur la gâchette. Le tir fut d'une précision redoutable et atteint l'homme en pleine tempe. Mission réussie.

Il était déjà loin quand la police judiciaire retraça la scène du crime. Pour la première fois de sa vie, Mike s'était senti légitime en utilisant son arme.

Arya et Eisel, Paris, France

« Je veux voir la fin de ma vie à l'avance,
Pour savoir si mes efforts ont toujours un sens. »
Damso

« Arya dépêche-toi, on va être en retard ! »

Eisel se tenait prêt devant la porte d'entrée les clés de l'appartement en mains. La jeune fille déboula dans le couloir en enfilant le manteau qu'ils avaient acheté ensemble la veille dans une friperie.

Il avait voulu lui faire plaisir en l'amenant par surprise dans un luxueux magasin parisien, mais à son grand désespoir, elle avait catégoriquement refusé d'y ressortir avec quoi que ce soit. Elle lui expliqua qu'elle avait décidé depuis trois ans déjà d'acheter uniquement des vêtements d'occasion pour ne pas alimenter davantage la filière destructrice du textile. Elle lui confia même avoir déjà participé à des manifestations devant les portes des magasins de grands groupes de la *fast fashion* afin de rendre la balade shopping des inconscients un peu moins agréable.

« Je suis là Dad ! »

Naturellement depuis son adoption définitive, Arya s'était mise à appeler Eisel « Dad ». Cela lui plaisait bien et semblait plus naturel que « Papa » et plus personnel que « Eisel ».

À chaque fois qu'elle apparaissait dans une pièce, il avait l'impression qu'une onde lumineuse le traversait. Il ne s'était jamais senti aussi vivant et aussi utile dans ce monde que depuis qu'elle en faisait partie.

« J'ai tellement hâte de les voir ! »

Ils devaient retrouver Françoise, Régine et Jordan à la réunion des membres de NS Project pour faire part de leur expérience à d'autres familles. Eisel, bien que littéralement ravi du tournant qu'avait pris sa vie grâce à eux, restait mitigé sur les actions politiques du groupe. C'était d'ailleurs un sujet de discorde récurrent entre le père et la fille. Arya était convaincue que seule la radicalité pouvait répondre à l'urgence alors qu'Eisel prônait plutôt une transition douce qui respecterait les libertés individuelles de chacun. Parfois le débat s'enflammait et ils avaient connu des disputes durant lesquelles Arya claquait la porte de sa chambre en le traitant de « sale bourge égoïste ». Tous les deux étaient alors d'une tristesse inconsolable et revenaient déconfits l'un vers l'autre en s'excusant et en se prenant dans les bras. Ils plaisantaient ensuite ensemble de bon cœur, lucides sur leurs comportements identiques à ceux d'une famille classique, avec l'ado rebelle et le parent ringard.

Leur amour était profondément sincère et les deux êtres s'étaient trouvés en partageant leurs passions. Arya dessinait des plans architecturaux avec Eisel et lui s'entraînait à la poésie sous ses instructions. Il s'inquiétait pour elle chaque fois qu'elle sortait rejoindre des amis et devint même un papa poule lui réclamant un texto à chaque changement de situation géographique. Elle s'y soumettait sans résistance, consciente d'avoir au fond d'elle attendu pendant des années toute cette attention à son égard.

Régine et Françoise accueillirent le père et la fille avec cette constante euphorie qui semblait animée en permanence leur journée. Vétérinaire à la retraite pour Françoise et maître-chien à la retraite pour Régine, la maison du couple était transformée régulièrement en refuge pour animaux pour le plus grand bonheur de Jordan.

Tous les trois s'étaient d'ailleurs donné pour mission de faire adopter un chat à leurs invités. L'opération séduction commença dès leur arrivée en plongeant un petit félin à chacun dans les bras. Sous l'emprise des ronronnements apaisants, Eisel raconta leur récent week-end à Berlin pour la rencontre de sa fille adoptive avec sa famille :

« Ma mère m'avait fait part de ses doutes quant à ma capacité de m'occuper d'Arya, elle disait que j'ignorais les difficultés que j'allai traverser pour créer un lien avec elle et que je n'avais pas la forme pour m'occuper d'une adolescente qui avait eu un passé difficile. »

Arya rigola franchement :

« Oui j'ai failli m'habiller en gothique le premier jour juste pour les faire flipper !

— Finalement dès qu'ils l'ont vu, ils ont su qu'on avait pris la meilleure décision de notre vie, ensemble.

— On a toujours un préjugé quand on ne connaît pas, mais dès la première rencontre l'être humain prouve qu'il est plein de sagesse et d'amour à donner » conclu Françoise.

Malgré la barrière de la langue et contrairement à ce qu'avait redouté Eisel, Arya s'était tout de suite intéressée au judaïsme de ses nouvelles origines. Elle avait tenu à connaître les rites et à y participer. Les grands-parents comblés trouvèrent dans cette jeune fille, étrangère est pourtant si familière, la descendance qu'ils avaient toujours souhaité pour leur fils :

« Arya, ton nom signifie le Lion. Comme lui ton intelligence cache une grande puissance qui t'apporte l'indépendance et la liberté de tes choix. »

Son frère et sa sœur étaient également venus fêter shabbat avec eux vendredi soir, et la rencontre de ses grands cousins se fit plutôt timidement, bien que leur anglais fût pratiquement parfait. Pour la première fois de sa vie, Eisel ressenti qu'il allait peut-être enfin pouvoir entremêler sans crainte sa vie parisienne et sa vie berlinoise.

L'esprit brouillé par l'émotion, il leva les yeux vers ses hôtes :

« Et vous alors, qu'est-ce que vous nous racontez ? »

Jordan se tourna vers Régine :

« Je pense qu'on peut leur en parler, ce serait plus simple non ? »

Elle échangea un regard avec Françoise qui lui donna son approbation par un hochement de tête.

« Bon, je dois vous dire que mon médecin m'a diagnostiqué une leucémie myéloblastique, mais attention je ne veux pas qu'on en fasse tout un plat. D'après lui c'est une maladie chronique qui n'évolue que très lentement, donc rien d'inquiétant en fait ! »

Son air volontairement désinvolte ne trompait personne mais tous avaient le tact de rentrer dans son jeu de la légèreté.

Linda, Janak et Arun, Bombay, Inde

« À l'amour, la gloire, l'argent,
la loyauté, la justice, je préfère la vérité. »
Into the wild

Depuis son pupitre, Linda surplombait la foule. Près de 80 000 personnes étaient venues l'écouter pour son discours à Bombay. Son aptitude à détacher son cerveau de l'interaction sociale lui conférait un écran pratiquement hermétique à sa phobie. Bien que le trac fît circuler en elle un faisceau d'excitation, elle avait répété l'exploit dans déjà une vingtaine d'autres villes à travers le monde depuis sa nomination en tant qu'ambassadrice de NS Project. À chaque fois, elle électrisait son auditoire avec un discours plein d'espoir et de promesses. Elle maniait les mots avec la force de la femme politique convaincue et la touche de subtilité que lui avait insufflée Aly. Une équipe de choix qui avait fait l'unanimité à l'international et voyageait désormais en famille d'un continent à l'autre par voilier ou par train, emportant avec lui le symbole de la réussite intellectuelle, personnelle et sociale.

Au premier rang dans l'assistance, Janak et Arun avaient tenu à être présents pour le passage éclair de la star. Ils s'étaient rencontrés la veille, lors du comité d'accueil réservé par NS Project. L'échange avait été plus que cordial, et c'est assis aux côtés d'Aly qu'ils buvaient les paroles de l'oratrice :

« Nous ne cautionnons pas les actes isolés d'un membre violent de notre groupe mais nous savons reconnaître le désespoir d'un homme qui a pris conscience de la fatalité du monde humain. Nous savons à quel point il est terrible de comprendre l'ampleur de la tâche à accomplir et nous sommes prêts à assumer la radicalité des changements nécessaires à notre survie. Le temps du déni est révolu, le temps du changement progressif et en douceur aussi. Il est l'heure du passage à l'acte, il est l'heure de la révolution. Nous sommes la dernière génération à pouvoir nous sauver si nous agissons tout de suite et de façon brutale. Nos comportements sont le moteur de la création d'un nouveau modèle économique plus équitable et durable. » Des sifflements approbateurs ponctuèrent sa phrase.

« Mes amis, aujourd'hui sonne la fin de la croissance à tout prix et de son impact dévastateur aussi bien écologiquement que socialement. NS Project vous propose de réinventer les règles pour partager les richesses et vivre en accord avec la planète qui nous accueille. Nous ne reculons pas, nous évoluons vers la quintessence d'une société idéale. »

La ferveur de la conviction est sans doute la plus puissante des motivations. L'idéologie guide les Hommes à travers chaque épreuve et par-delà toutes les peurs. Il faut croire pour être sauvé.

Mike, Manuel et Judith, New York, États-Unis

« C'est à madame justice que je dédie ce concerto, en l'honneur des vacances qu'elle semble avoir prises très loin d'ici et en reconnaissance de l'imposteur qui se dresse à sa place. »
V pour Vendetta

« Le shérif t'a dénoncé au FBI, tu dois partir. »

Quelques semaines plus tôt, Mike avait fait son sac en vitesse, tout en veillant à ne laisser aucun indice sur sa planque, préalablement choisie avec le groupe en cas de force majeure. Il ne pouvait y rester que 48 heures avant d'être géolocalisé mais ce laps de temps lui permettrait de recevoir des instructions pour la suite des évènements. Helena avait ressenti l'accélération du pouls et l'augmentation de cortisol qui déferlait dans les veines de son protecteur. Elle fit de son mieux pour lui venir en aide en lui obéissant au doigt et à l'œil et en blottissant son petit corps chaud contre sa poitrine. La respiration lente de l'animal apaisait les nuits agitées du fugitif et lui donnait le courage de poursuivre sa route.

Ils traversèrent ainsi le pays passant de planques en planques grâce au réseau de NS Project mais avait fini par être interpellé lors d'un transfert entre deux lieux sûrs, suite à la délation d'un membre corrompu. Dans la panique et la confusion de l'assaut, Helena avait disparu de son champ de vision et il priait depuis tous les jours pour qu'elle ait eu le temps de s'enfuir avant lui.

Le procès débuta pour Mike bien avant son entrée dans le palais de Justice. Il avait eu le droit à son jugement populaire depuis plusieurs semaines déjà. D'abord par le biais du relais d'internet, puis de façon plus intime lors de sa détention dans la prison de Guantánamo. Lorsque ses geôliers le torturaient sans relâche pendant des heures, il regrettait de tout son être la période de cavale qui avait précédé.

Confiné à l'isolement le soir, il tentait de ne pas sombrer dans la folie en se remémorant les soutiens innombrables qu'il avait reçus des membres de North Sentinel du monde entier. Il avait hérité de surnoms prestigieux tels que « Jean Moulin », « Widukind », « Valentin Gonzalez », « Dê Thàm » ou bien « Hendrik Witbooi » selon les régions du globe.

Finalement l'audience était pour lui un soulagement, quelques heures loin du lugubre quotidien de sa détention. Son avocat finalisa quelques points avec lui avant leur entrée. C'était une femme mûre, brillante et très perspicace, forte d'une notoriété qui la précédait et NS Project avait frappé fort avec cette recrue de choix.

C'était l'évènement le plus médiatisé de l'année et chacun de nos protagonistes le suivait attentivement. Linda et Aly dans une chambre d'hôtel du Caire, Yugo sur une tablette portable dans le studio de Tokyo de Keith, Arun et Janak dans le salon de leurs parents, et enfin, Eisel et Arya sur l'écran de télévision de Régine et Françoise. Le public s'était partagé en deux camps et attendait avec impatience le spectacle du ring judiciaire. Les caméras avaient été autorisées pour retranscrire objectivement le combat idéologique.

Mike était assis du côté des accusés auprès de Manuel et d'autres soldats de l'ombre de NS Project. Les deux hommes ne se connaissaient qu'à travers leur réputation et s'apercevaient aujourd'hui pour la première fois. Si pour Manuel c'était un honneur de comparaître à côté de ce membre d'élite, de son côté, Mike percevait cette comparaison comme insultante. Il avait agi avec précision en éliminant des cibles clés pour engager la révolution verte. Manuel n'était qu'un criminel fou qui avait assassiné des civiles avec pour seule motivation sa haine. Il était bien conscient que le fait de fusionner les procès était une manœuvre de manipulation politique en la défaveur des activistes et son avocate avait clairement orienté sa défense sur cet axe.

Le premier jour fut entièrement consacré à la retranscription exacte des crimes imputés à chaque accusé. Pour Manuel : le meurtre de 3 enfants, 9 femmes et 7 hommes à l'arme automatique dans un complexe touristique en Bolivie. Pour Mike : le meurtre de 5 hommes et 3 femmes, certains du milieu politique et d'autres du monde des affaires, étalé sur 7 mois d'activité et en échange de supposées rémunérations du groupe NS Project mais qui restent jusqu'à présent impossible à prouver.

Le deuxième jour, ce fut l'appel à témoins. Judith fut évidemment conviée à la barre sous les flashs des journalistes, mais également une dizaine de membres des familles victimes de l'attentat du lac Titicaca. Se retrouver face à l'assassin de Lilas fut une épreuve insupportable. Elle se retenait difficilement de lui rendre justice elle-même, sous l'emprise de la douleur indescriptible du déchirement qu'ouvrait le souvenir dans ses entrailles. Le regarder était impossible, elle rêvait seulement de l'étrangler, seule action qui pourrait peut-être lui faire surmonter un peu son deuil. Les témoignages poignants de cette journée d'horreur bouleversèrent le jury populaire, et soulevèrent le cœur des téléspectateurs.

Manuel ne bougeait pas dans sa cage de verre, il

écoutait, impassible, les récits des vies brisées par sa faute. Son manque d'empathie fut relevé comme une preuve irrévocable d'une maladie psychique grave. Pourtant, après tout ce déferlement de haine à son encontre, un témoin inattendu se fit entendre dans un anglais particulièrement incertain :

« Je m'appelle Fernando Mamani, je vis à Cochabamba depuis 40 ans. J'étais un ami des parents de Manuel et je le connais donc depuis sa naissance. Ses parents étaient d'honnêtes fermiers qui sont morts dans les coulées de boues de mon pays. Manuel était un garçon gentil et intelligent, il a donné beaucoup d'argent à ses parents quand il était guide pour les touristes américains. Je pense qu'il a tué ces gens parce qu'il leur en voulait pour la NiÑ a. Ce n'est pas bien ce qu'il a fait mais avant qu'il fasse ça personne n'avait jamais parlé de nos malheurs, maintenant tout le monde vient nous voir et nous demander ce qu'il faut faire chez nous. On a même reçu de l'argent étranger pour reconstruire l'école du village ».

Il se tourna vers Manuel qui avait relevé la tête pour la première fois depuis le début du procès.

« Mon fils, tes parents seraient très tristes de voir ce que tu as fait, j'aurai tellement aimé que tu arrives à nous aider d'une autre façon. »

Le regard plongé dans celui de son père d'adoption, Manuel murmura :

« J'ai fait ça pour vous, je n'ai pas trouvé d'autres façons. »

Judith ne put se retenir de vomir de dégoût.

Les témoins de Mike défilèrent à leur tour. Les familles des victimes, les enfants orphelins et les conjoints veufs. L'émotion était bien sûr très intense mais un souffle de dichotomie chatouillait l'assistance. Un bruissement sourd et pourtant bien audible de soutien à l'accusé. C'est dans ce contexte de paradoxe brumeux que l'avocate de Mike prit la parole :

« Mon client reconnaît et assume l'entièreté de ses actes. Il est pleinement conscient de sa responsabilité morale face aux familles de ses victimes. C'est pourquoi la question que nous nous posons aujourd'hui n'est pas celle de sa culpabilité mais celle de ses motivations profondes.

Depuis trente ans, l'humanité fait face à un constat évident et tragique en prenant la décision inique de l'ignorer impunément. Le dérèglement climatique, l'épuisement des ressources, l'appauvrissement d'une population qui ne cesse de croître et la pollution pandémique sont des conséquences directes d'une politique de croissance démesurée instaurée par le capitalisme. Notre éducation et notre société sont basées sur des principes moraux faussés, qui nous illusionnent pour mieux nous empoisonner dans nos choix. Le modèle est établi sur la rentabilité d'une surconsommation impossible à assouvir et qui réduit à une vitesse effrayante nos chances de survie mais aussi celle de tous les êtres avec qui nous partageons cette planète.

Nous avons entendu le témoignage des proches des victimes de mon client et nous partageons pleinement la peine de leur perte, mais il est temps de rappeler le rôle et l'impact réel de ces hommes et de ces femmes sur notre vie. »

Une huée d'indignation secoua la partie adverse. Les membres des jurys eurent du mal à imposer le calme et la séance fut interrompue pour 15 minutes.

De retour dans la salle d'audience, malgré les soulèvements des proches, l'avocate imperturbable, continua son discours en énumérant un à un les désastres causés par chaque victime de Mike. Le constat était accablant, des millions de tonnes de dioxyde de carbone, des dizaines de disparitions d'espèces menacées, des millions d'hectares de forêts réduites en cendres, des populations entières obligées de fuir les terres incendiées de leurs ancêtres, des millions de tonnes de plastique déversés dans les océans, des cancers par milliers suite à l'écoulement de produits chimiques et même des famines régionales dues à l'exploitation des terrains agricoles par des monocultures à échelle industrielle.

« Mon client est coupable car il arrête les criminels que la justice de notre société est incapable de mener jusqu'à votre pupitre. »

Thèses du Dr Swann :
Publication universitaire année 2023

Extrait de North Sentinel :
Déni et procrastination

Le compte à rebours climatique touchera bientôt à sa fin. Nous n'échapperons pas à un effondrement par la fuite en avant et la paresse de la pensée.

Croire qu'une solution miraculeuse provenant des élites sauvera notre mode de vie est illusoire, alors que notre préparation en amont est une certitude pour limiter notre vulnérabilité. Il nous faut renoncer à quelques conforts futiles pour coordonner des efforts globaux dans un espace-temps restreint. Notre capacité à nous mobiliser est la plus puissante des révolutions idéologiques car nous pouvons peut-être encore limiter les dégâts de nos choix et sauver le plus de vies possibles. Si nous incitons à la décroissance, c'est parce que la situation ne peut être résolue par une nouvelle technologie car elle-même engendrerait une nouvelle problématique de consommation. Nous devons revenir à un mode de vie plus en adéquation avec nos capacités, en intégrant une économie circulaire, une cyberdéfense des populations les plus faibles et rétablir la biocapacité du vivant.

L'incertitude ne peut pas être un prétexte à l'inaction. Attendre avec confiance la réalisation par autrui n'est qu'un défaut de passivité. Les générations précédentes ont révélé leur capacité à se voiler la face pour transmettre impunément le problème à leurs enfants, en invoquant irrationnellement que l'engagement de quelques-uns suffira ou que la leur ne changera rien, à croire que le moment propice à l'action n'existe pas et que le divertissement suffit à embrumer leur raisonnement. La dé-responsabilisation est ainsi devenue une manœuvre politique pour infantiliser une population facilement manipulable. Mais lorsque la situation aboutira à une nécessité absolue de changement, l'état contraindra brusquement et par la force son peuple à travers une conduite autoritaire proche du totalitarisme.

À l'instar des héros qui ont défendu le sens moral aux périls de leur vie, levez-vous et prenez en mains votre destin ! La peur appelle le courage et c'est dans l'action que l'on crée de l'espoir. Le sursaut survivaliste de l'humanité doit bondir hors de cette société patho-adolescente qui refuse de voir la mort. Le véritable pessimisme serait de croire que le monde dans lequel nous vivons est la seule perspective possible, alors que la capacité d'adaptation de l'espèce humaine est infinie.

À vous de faire votre choix : pilule bleue pour prolonger l'illusion d'une ignorance satisfaisante, ou pilule rouge pour apprendre la vérité dérangeante et enfin pouvoir agir sur votre existence.

« Le problème ce n'est pas le problème, le problème c'est votre attitude face au problème. »

Partie 5 : Le Basculement

La Terre finit par prendre la parole dans ce combat sans issue entre les Hommes. Le basculement fut brutal et sans retour, la survie ne laissant plus aucune place au débat. Le scénario était pourtant connu du monde scientifique depuis les années quatre-vingt-dix mais il apparaissait comme très hypothétique à l'échelle d'une génération humaine.

Le phénomène commença au mois de mars, lorsque le printemps afficha des températures particulièrement élevées pour cette période de l'année. Le mercure monta jusqu'à 37 degrés Celsius au Canada. Dès lors, et en quelques semaines seulement, les températures continuèrent de monter d'environ 1 degré tous les 20 jours soit un thermomètre affichant les 47 degrés Celsius au mois d'août.

Ce cataclysme atmosphérique est nommé *Emballement climatique.*

Il correspond au point de basculement qui entraîne irrémédiablement une rétroaction positive jusqu'à un nouvel état climatique stable. Par une réaction en chaîne, une fois la température du point de basculement atteinte, un combiné d'épisodes climatiques successifs se produit.

Ainsi pour notre planète, le rejet de la pollution industrielle, l'acidification des océans et la plus faible absorption par nos forêts, réduites depuis des années par l'exploitation agricole et les incendies à répétition, ont augmenté fortement la densité du CO2 dans l'atmosphère créant l'effet de serre. Par la suite, le réchauffement des océans entraîne la fonte des glaces polaires. Ces dernières libèrent alors du méthane mais aussi des clathrates potentiellement instables dans les pergélisols des régions polaires, eux-mêmes gaz à effet de serre. Lorsqu'on atteint le niveau de bascule, le forçage radiatif devient tel qu'une nouvelle force additionnelle n'est plus nécessaire pour entraîner d'importants changements climatiques irréversibles dans une échelle de temps très réduite.

Les températures se stabilisèrent courant décembre pour atteindre environ 56 degrés Celsius au nord du 25e parallèle et 54 degrés Celsius au Sud du 32e parallèle.

Les zones anciennement tempérées se transformèrent rapidement en terres hostiles se rapprochant inéluctablement vers un état désertique.

L'agriculture devint impossible et la consommation d'eau du bétail ne fut plus gérable. Des millions d'animaux d'élevage furent abandonnés à leur triste sort, mourant de faim et de soif en errant à bout de souffle au-delà des barrières qui les avaient jusqu'ici toujours privés de cette liberté, qui se révéla finalement aussi terrifiante que leur asservissement.

Les animaux sauvages pâtirent aussi de ce nouveau climat. Les grands mammifères herbivores étaient les plus vulnérables, se déplaçant inexorablement vers des régions d'altitude pour y trouver quelques brins d'herbe, tandis que les carnivores se régalèrent pendant plusieurs semaines du bétail libéré par les Hommes.

Cependant, les corps plus petits s'adaptèrent plus

efficacement au changement climatique. Ne nécessitant que peu de ressources et ayant un renouvellement de la population assez rapide, l'évolution épidermique et biologique des rongeurs ne prit que quelques années. Mais les grands vainqueurs de cette nouvelle ère étaient, sans conteste et sans étonnement, les insectes. Avec leur petit organisme à adaptation éclair, ils pullulèrent dans les régions apaisées par l'absence de l'activité humaine.

Au niveau de l'équateur, les températures se stabilisèrent autour de 34 degrés. Ce phénomène s'expliqua par une atmosphère humide qui favorise les changements constants de l'état de l'eau et assure ainsi un système de refroidissement naturel, faible certes, mais permanent et suffisant pour la survie des populations humaines.

Avec ce nouvel ordre mondial, la situation géopolitique de l'humanité s'inversa soudainement. Au cours des quelques mois du basculement, les pays des anciennes zones tempérées telles que l'Europe, l'Amérique du Nord et le nord de l'Asie, ne pouvant nier trop longtemps l'évidence de leur fin, avaient tenté de construire en vain des infrastructures d'urgence pour parer aux nouvelles difficultés. Mais très vite, les réserves d'énergie, d'eau, de nourriture, de matières premières ne suivaient plus la demande exponentielle.

La canicule prit en premier la vie des anciens et des personnes isolées. Avec la flambée des prix des produits élémentaires, s'ensuivent les foyers les plus modestes. Des familles entières de travailleurs descendirent dans la rue pour prendre de leurs propres mains les biens qu'on leur avait depuis bien trop longtemps spoliés. Le pillage était devenu omniprésent et les foyers de classe moyenne finirent aussi par crier famine. L'inflation démentielle contraint la population à délaisser la monnaie pour se tourner vers d'autres formes d'échanges. Dans cette débâcle, la partie la plus privilégiée de la population fuit par la force de l'argent. Les grands patrons quittèrent le pays pour acheter des propriétés dans les anciens pays en développement.

D'abord subjugués par ce soudain mouvement de population apportant une opulence financière inattendue, les politiques des pays proches de l'équateur prennent rapidement conscience de l'inversion du pouvoir. Ils fermèrent un à un leurs frontières et procédèrent à une immigration ultra-sélective pour ne pas se laisser déborder par les arrivants. Les nations des ex-immigrés des pays occidentaux devinrent les nouvelles terres promises. Ils serinèrent qu'ils ne pouvaient pas accueillir tout le monde sinon ils mettraient en péril leur propre population, juste retour des choses.

Les plus forts s'organisent en groupes de survivants des terres brûlées, en formant des micro-sociétés avec les populations dénommées par les autorités comme « non essentielles ». Ce terme fut employé pour tous les citoyens ne passant pas en priorité pour obtenir les aides de survies sur des critères comme l'âge, la santé physique et mentale ou bien leur utilité.

Avec généralement comme leader des anciens membres de North Sentinel, les non essentiels fuirent vers des zones géographiques à altitude élevée, là où les températures stagnent désormais entre 42 et 45 degrés.

Les zones urbaines sont ainsi abandonnées et les buildings de verre et d'acier se font coloniser par une flore grasse de cactaceae et une faune de blattaria.

Eisel, Arya, Jordan, Régine, Françoise

« Quand le rêve est trop long, le réveil est brutal. »
Ninho

Dès les premières semaines, l'hôpital fut saturé. L'afflux de patients souffrant de déshydratation et d'hyper-ventilation avait été tellement soudain que tous les services étaient réquisitionnés. Les soins courants furent décommandés pour libérer la place aux urgences vitales. Après avoir classé les souffrances des arrivants, la sélection se fit sur l'âge et sur les co-morbidités du patient. Les centres d'urgences téléphoniques se chargeaient de refouler tous les mourants n'ayant pas les critères suffisant pour prétendre à un quelconque intérêt d'une équipe médicale submergée. Les plus aisés dépensaient des fortunes pour obtenir une place dans des cliniques privées. Puis les stocks de matériels médicaux et de médicaments s'épuisèrent sans renouvellement possible car les importations internationales se faisaient au compte-goutte.

Régine avait été dans les premières à être classée dans la liste des « non essentiels ». Son état s'était rapidement dégradé malgré les soins artisanaux délivrés par Françoise qui essayait tant bien que mal de transposer son savoir en médecine vétérinaire pour sauver la femme qu'elle aimait. Elle proposa avec acharnement des sommes exorbitantes dans des structures médicales privées mais aucune n'accepta son offre au vu du pronostic défavorable de la patiente. Par désespoir, leur fils adoptif se résolut à prendre par la force les remèdes qu'on interdisait à sa mère lors un braquage à main armée d'une pharmacie de quartier. Régine refusa catégoriquement d'avaler les précieux cachets issus du crime de son fils et culpabilisa énormément de sa maladie qui apportait tant de difficultés supplémentaires à sa famille. Elle décida de se laisser volontairement glisser vers l'au-delà pour mettre fin au calvaire de ses proches.

Fou de douleur, Jordan et plusieurs autres jeunes en proie aux atrocités infligées par le nouvel état planétaire, s'engagèrent parmi les insurgés, un rassemblement de casseurs prêts à tout pour se faire entendre. Ils détruisirent toutes les représentations de l'ordre public comme les commissariats, mairies, préfectures, écoles et banques par le feu de leur haine. Au bout de quelques mois, le chaos social et climatique n'avait plus laissé aucune place à la possibilité d'une vie humaine convenable dans les villes européennes.

Après plusieurs semaines d'expectation imposée par la sidération du basculement, Eisel, qui possédait plusieurs biens et de belles économies, récupéra un maximum de liquidités pour acheter des NST, toute sa fortune lui paraissant si vulnérable ainsi réduite à deux clés USB. Après des heures de réflexions collégiales, un plan de survie fut établi.

Jordan, Arya et ses cousins berlinois récupéreraient une des clés USB pour s'enfuir ensemble dans un long périple jusqu'au Cameroun, où Thomas leur avait donné des contacts de membres de North Sentinel qui les accueilleraient.

Françoise, Eisel et sa famille établiraient leur foyer dans un camp de « non essentiels » dans le semblant de fraîcheur conservée dans les Hautes Alpes françaises.

C'est avec la frustration d'un sentiment d'injustice profond, que les jeunes gens connurent le second déchirement familial propre à l'insupportable séparation, mais cette fois-ci, empreinte de sérieuses promesses de retrouvailles, mirage d'un bonheur bien éphémère dans leur courte existence.

Pour la génération des parents c'est tout le poids de la culpabilité d'une existence dans le déni qui s'abattait sur eux.

Parents et enfants ne se retrouvèrent jamais, condamnation ultime d'une vie dans la facilité du confort de l'inaction et de la procrastination.

Yugo et Keith

« Un homme averti en vaut deux,
un homme vertueux en vaut mille. »
Hayce Lemsi

Yugo et Keith avaient suivi les événements climatiques du haut de leur plateau montagneux à l'abri de l'affolement des villes.

Les débuts à la ferme avaient été particulièrement difficiles car on ne s'improvise pas agriculteur du jour au lendemain. Leur transition avait été très progressive, alternant leur vie citadine dans le studio de Tokyo de Keith et vie au grand air dans leur ferme autonome. Les cultures mirent du temps à produire et les quantités étaient très variables. Ils s'étaient retrouvés sans eau ni électricité plusieurs jours. Mais au fil des mois, ils se perfectionnaient grâce à leur motivation inébranlable et leur ingéniosité sans limite. Ils apprirent à observer et interagir avec leurs plantations mais aussi à capter et stocker l'énergie pour la redistribuer à bon escient.

Ils s'étaient également fait beaucoup aider par des membres de NS Project ayant franchi eux aussi le pas de l'autonomie. La communauté se soutenait et s'apportait conseils et astuces pour progresser ensemble dans un esprit de convivialité. Les excès de production étaient placés sur un marché d'échange de bons procédés. L'agro-écologie créa ainsi un système de rendement pérenne.

Lorsque le Basculement débuta, ils étaient fin prêts. Après la stupéfaction générale du début, ils avaient d'abord mis à l'abri leurs proches et notamment leurs parents qui s'installèrent à la ferme avec eux. Tous contribuèrent à l'effort collectif pour adapter les installations aux nouveaux venus.

Ne souhaitant pas rester impuissants face à la catastrophe, Yugo, Keith et les autres membres de North Sentinel faisant partie de la communauté autonome, éduquèrent un maximum de réfugiés à leur mode de vie. Ils diffusèrent leur savoir gratuitement au travers de vidéos et tutoriels. Ils instaurèrent un réseau d'entraide notamment par la mise à disposition de parcelle de terrains cultivables et de matériel agricole. Le succès de leur méthode provoqua un héliotropisme des citadins vers les reliefs au doux ensoleillement des plateaux montagneux.

Ainsi, ils contribuèrent au changement de vie capital de nombreuses familles, en leur assurant un avenir dans des conditions durables. La mère de Yugo lui confia quelques années plus tard :

« J'ai cru mener des combats importants toute ma vie mais en réalité, le seul que j'ai réussi, c'est celui de t'avoir insufflé le goût de l'initiative. »

Mike

« J'ai mis du temps à m'habituer à cette obscurité,
Donc je caresse timidement la lumière par sécurité. »
N.O.S

Du fond de leur cellule, les prisonniers de Guantánamo subissaient passivement la fournaise extérieure, comme un acte de torture de plus ajouté à la longue liste de leurs sévices. Cependant au fil des semaines, des rumeurs avaient parcouru les couloirs jusqu'à établir un courant de communication entre détenus et surveillants. Ces derniers avaient fini par laisser transparaître l'inquiétude profonde qui bouleversait la société au-delà des murs de la prison.

Quelques tentatives de mutineries furent canalisées par la violence au début, mais le rapport de force finit par s'inverser au vu du nombre de gardiens qui abandonnaient leur poste pour fuir le pays. Certains monnayaient une évasion contre quelques NST.

« On ne va pas crever étouffés derrière ces barreaux ! »

Une nuit ce fut au tour de Mike de retrouver sa liberté. Les membres de NS Project avaient monétisé la sortie de leur protégé avant que la situation ne dégénère. Ils n'étaient pourtant pas venus au secours de Manuel qui, comme on décida de raconter par la suite dans les rangs de North Sentinel, avait décidé de mettre fin à ces jours peu de temps après l'issue de son procès, bien que des traces de curare eussent été détectées lors de son autopsie.

Affaibli par les mois de détention, le traumatisme psychologique et la découverte du Basculement, Mike n'était que l'ombre de l'homme charismatique qui l'avait mené jusque-là. Il se laissa porter par ses camarades jusqu'à un camp établit par le groupe en Colombie. Le village était constitué de cabanes en bois, certaines entourées d'un petit jardin avec potager et d'autres perchées dans des branches d'arbres, accessibles seulement par une échelle de corde. La féerie de ce campement végétal se complétait par un accès sur un ruisseau d'eau douce où pataugeaient des palétuviers animés par le chant des callistes multicolores et d'hirondelles Tersina.

Bien loin de ses montagnes enneigées mais au plus près de la simplicité du mode de vie dont il avait toujours rêvé, Mike put renaître définitivement quand il retrouva l'amour de sa vie. Les membres du groupe avaient pris soin d'Helena en son absence. Leur cœur à tous les deux résonna de nouveau quand elle bondit dans les bras de son fidèle compagnon et plus jamais ils n'eurent à se séparer de nouveau.

Judith

« La nuit je regarde le ciel, oubliant que je suis en plein deuil,
Et à chaque étoile qui brille, je me dis que c'est toi
qui me fais un clin d'œil. »
Dinos

Les températures extérieures n'étaient que le reflet de l'étouffement qui emprisonnait la poitrine de Judith. Au moment où le Basculement avait été officiellement annoncé, c'est toute son existence qui avait perdu de son sens. Quand elle faisait le constat de sa vie, elle ne pouvait nier le vide sidéral qu'il en résultait.

Tout d'abord enfant, à vouloir à tout prix s'intégrer avec des filles populaires de l'école, puis jeune femme totalement centrée sur l'image qu'elle renvoyait, son obsession pour la beauté et la réussite sociale. Ses premiers salaires claquaient en fringues et petite voiture citadine à la mode. Même son mariage en robe de princesse lui semblait désormais insensé. Seule Lilas et le combat qu'elle avait livré pour lui rendre justice semblaient être les raisons pour lesquelles elle appartenait à ce monde. Pourtant, face à toutes les misères que subissait le reste de la population humaine, elle restait persuadée qu'elle n'y était pour rien et que c'était aux politiques, aux patrons de grandes entreprises, aux scientifiques, ou peu importe quelle figure d'autorité, de faire le nécessaire. Ils auraient dû protéger les honnêtes citoyens, comme elle, qui travaillaient toute la semaine et versaient des impôts.

Ses détracteurs redoublèrent de haine à son égard virtuellement mais aussi physiquement. Cela commença par des insultes, des tags sur les murs de sa maison puis des menaces de mort. À mesure que les conséquences du Basculement se faisaient ressentir, les personnes les plus désespérées libérèrent leur colère par l'agressivité. Des purges furent organisées par les insurgés envers les anciens climatosceptiques pour venger leurs millions de victimes collatérales. Les conservateurs furent contraints de changer de logements ou même d'identité pour échapper aux menaces des représailles.

Lâchement abandonnée par son parti politique, qui s'était enfui pour la plupart dans des résidences secondaires au Honduras, elle demeura sans protection.

C'est une militante écologiste qui avait perdu son nourrisson par déshydratation qui acheva définitivement les souffrances de Judith d'une balle dans le dos, et elle put ainsi rejoindre sa fille Lilas dans les limbes apaisants de la mort.

Linda

« Pour aller de l'avant, il faut prendre du recul,
Car prendre du recul c'est prendre de l'élan. »
MC Solaar

La république de Guinée regorgeait de demandes d'entrée sur le territoire. Le service chargé de l'immigration avait d'abord été tenté d'accueillir un maximum de réfugiés climatiques provenant des pays occidentaux. Mais la charge ne cessait d'exercer une pression sur la stabilité du pays et les Guinéens furent contraints de fermer les frontières pour se protéger de l'afflux massif.

Le pouvoir en place fut férocement renversé par sa propre armée pour mettre des membres influant de NS Project à leur place. C'est ainsi que Linda fut réclamée avec insistance pour reprendre la tête du nouveau gouvernement. Elle accepta avec le plus grand dévouement et tout le pragmatisme propre à son fonctionnement cérébral. Évidemment, à la suite de leur précédente excellente collaboration, elle nomma Aly comme conseiller.

Forte de toute son expérience politique et de ses connaissances dans l'application de mesures écologiques et sociales puissantes, elle fut à l'origine de la rédaction d'une Constitution internationale des droits de l'Humain et de la Nature. Celle-ci établissait des droits et des devoirs de la part des humains envers la planète qui l'accueille et les autres animaux qui l'occupent.

Elle établit également une union des pays nouvellement hôtes dénommés « Coalition équatorienne » chargée d'organiser la stratégie migratoire. Son initiative fut accueillie à l'unanimité par ses voisins et permit d'instaurer une zone de paix dans un monde ravagé par la guerre civile.

Arun et Janak

« Je sauverai les miens avant de sauver les vôtres. »
Vald

« Nous ne pouvons pas les laisser. Bien qu'ils n'en aient pas conscience, nous leur devons beaucoup. »

Depuis le Basculement, la montée des eaux menaçait sérieusement d'engloutir North Sentinel Island et ses habitants. Le parti s'était senti responsable de leur protection car redevables de l'inspiration involontaire qu'ils avaient insufflée à leurs combats.

Face au bouleversement universel de leurs conditions, Arun s'était révélé plus réactif que Janak. Il avait insisté lourdement pour organiser au plus vite l'évacuation de l'île et le transfert de sa population dans une zone sécurisée. Il souhaitait préserver leur volonté d'isolement et avait mis en place un stratagème qui éviterait toute communication directe. L'opération fut menée grâce à des embarcations pilotées à distance et des drones qui retranscrivaient les évènements en direct aux bureaux de NS Project Inde.

C'est avec une grande émotion que les opérateurs assistèrent aux premiers jets de flèches de leurs muses contre les bateaux sans pilote qui s'étaient amarrés à la lisière de la forêt, baignante déjà dans quelques centimètres d'eau salée. Puis quelques jours plus tard, une silhouette d'homme, grand, mince, la peau couleur ébène et les bras qui semblaient naturellement prolongés d'un arc, s'aventura prudemment pour inspecter les objets flottants non identifiés. Il en fit le tour, caressa avec précaution la coque puis posa un pied stellaire dessus.

« C'est ça mon pote, montes dessus tu ne crains rien ! »

Arun et Janak retenaient leur souffle. Ils admiraient le spectacle avec une intensité similaire à celle pour le premier pas sur la lune.

D'autres guerriers défilèrent sur le radeau pour en inspecter son innocuité et tester la fiabilité de cette miraculeuse flottaison. Enfin quand l'océan eut imposé définitivement sa colonisation, le temps des précautions n'étant plus d'actualité, la population entière établit refuge sur les bateaux. Lorsque les opérateurs n'enregistrèrent plus d'activité thermique sur l'île, et que les réfugiés semblaient avoir récupéré l'ensemble de leurs biens, ils lancèrent la navigation automatique vers une île déserte voisine, épargnée par sa petite chaîne montagneuse, dans l'archipel d'Adaman et Nicobar.

La stupéfaction des croisiéristes était telle que certains criaient d'angoisse ou se cachaient les yeux tandis que les mères enlaçaient fermement leur progéniture. Arrivés à destination, le débarquement se fit avec soulagement. Les Sentinelles disparurent de nouveau pour toujours sous les cimes des forêts équatoriennes sans jamais découvrir le rôle clé que leur simple existence avait donné au monde complexe et effrayant qu'ils ignoraient.

« Maintenant nous devons transmettre notre héritage aux générations futures, pour que notre monde reste gravé dans la postérité. » avait commandé Arun.

La conservation des données relatives à l'état de la société au moment du Basculement devait être archivée en lieu sûr pour ne pas tomber dans l'oubli.

Les images du sauvetage des Sentinelles, le format numérique du livre du Dr Swann, les images des catastrophes résultantes du Basculement, le planisphère terrestre avant la montée des eaux, l'encyclopédie des savoirs du XXIe siècle, un dictionnaire de chaque langue vivante, des reproductions de tableaux de Maîtres et des chefs-d'œuvre littéraires et musicaux furent enfermés dans une capsule temporelle numérique sur la base de données des NFT.

Avertissement ou simple sauvegarde de la civilisation perdue, l'objet fut mis à disposition des explorateurs pour l'éternité.

Partie 6 : Nouvel ordre mondial

10 ans plus tard

« Tout va s'arranger, c'est faux je sais que tu le sais,
Des fois je saurai plus trop quoi dire, mais je pourrai toujours écouter,
Tout ne va pas changer, enfin sauf si tu le fais,
Quand t'as le désert à traverser, il n'y a rien à faire sauf d'avancer »
Orelsan

Terres brûlées

Au crépuscule d'une extinction massive des espèces, l'aube d'une nouvelle civilisation humaine a su se reconstruire. C'est dans le tourment de la lutte pour sa survie que l'action n'est plus discutable et que l'adaptation devient une obligation.

Les allégations du Dr Swann tracent toujours le chemin des dogmes normatifs que tente d'adopter une population traumatisée par les catastrophes passées, encore bien trop proches. L'auteur ayant disparue mystérieusement au début du Basculement, des théories spéculent sur son changement d'apparence ou bien sur sa fin tragique, ce qui alimente davantage la mysticité de l'idéologie.

La fonte intégrale des pôles se déroula sur plusieurs années, faisant monter le niveau des océans de près de 65 mètres. L'exode des populations n'eut pas le temps de s'organiser correctement et c'est dans le chaos que les survivants abandonnèrent leurs parents, leur maison, leur ville et leur pays entier.

Après des mouvements de population désordonnés, les groupes de survivants des terres brûlées ont fini par établir domicile dans des zones géographiques propices à leur apporter de la nourriture et de l'eau.

Plus aptes à s'adapter aux conditions imposées par une vie de rudesse, des leaders émergent parmi les anciens sans abris qui enseignent à leurs paires les fondamentaux de la conservation des corps. D'invisibles marginaux de l'ancien monde académique éclosent ainsi une exemplarité inspirant au survivalisme.

Les frontières se sont définitivement délitées et la communauté internationale ne leur reconnaît pas d'appartenance à une nation. Des micro-sociétés sont ainsi apparues avec des règles propres à chacune. Leur mode de vie est rudimentaire et répond aux besoins primaires de sa communauté. Des maladies qu'on avait oubliées telle que la malaria ou le scorbut ressurgissent et déciment ces populations déjà fragiles. Certains groupes ont fait alliance pour assurer leur protection et échanger leurs savoirs, naturellement orientés vers le bio-mimétisme, cette science qui base ses technologies sur la reproduction de structures déjà existantes dans la nature. Les constructions autonomes assurent une indépendance relative qui consolide l'émancipation des individus définitivement libérés du joug d'un système gouvernemental oligarchique.

Coalition équatorienne

La coalition équatorienne s'est alignée sur un consensus politique ferme pour conserver leur mode vie contemporain sans atteindre de nouveau la limite de l'effondrement vécu. La souveraineté des états est préservée mais tous s'accordent à respecter la Constitution internationale des droits de l'Humain et de la Nature.

Politique

Afin de protéger les intérêts de la population et sortir définitivement du processus d'autodestruction créer par une élite qui dirige la majorité, il a été établi une décentralisation du pouvoir. Ainsi, chaque ministère est indépendant des autres et est élu démocratiquement au suffrage universel direct et obligatoire à travers des propositions de listes de spécialistes, chacun expert dans le domaine qu'il représente. Leur programme est notifié à l'avance avec tous les membres y participant, leur fonction respective et leurs moyens d'y parvenir. L'élection est assurée par un scrutin dans l'intimité de chaque foyer au travers d'une plateforme en ligne sécurisée. Elle est renouvelée tous les 3 ans lors d'un mois chômé où sont présentés les candidats et lors duquel le peuple peut décider de peaufiner les propositions de chaque liste lors de grands débats, accessibles par tous sur internet ou dans des forums populaires au sein des quartiers. Le référendum est largement utilisé pour répondre aux enjeux extemporanés non prévisibles.

Le turn-over permanent des membres du gouvernement est ainsi garanti par la facilité administrative pour créer une liste et la décorrélation de chaque secteur permet la cohabitation de différentes orientations politiques qui œuvrent cependant pour un objectif commun.

Usage

Tout citoyen de la coalition s'est vu attribuer une carte de consommateur. Celle-ci, en plus de contenir tous les documents liés à l'identité du propriétaire, permet de réguler les commandes de chaque individu. La carte possède ainsi quatre soldes à ne pas dépasser, sous peine de sanctions financières voire pénales :

— La consommation alimentaire : relative à tous les besoins physiologiques de l'Homme. Un rationnement est mis en place pour éviter le gaspillage et la production est sans cesse adaptée en fonction du comportement des acheteurs. Les produits proposés sont uniquement issus d'une agriculture biologique, durable, de saison et locale qui respecte les cycles naturels de reproductions végétales. Il est cependant possible d'acquérir en petite quantité des produits dits « d'exception » pour des occasions, bien que cela consume de façon exponentielle les quotas de points alimentation.

Le modèle végétarien a été adopté par la majorité de la population. En effet la loi stipule désormais que la chasse, la pêche et la vente de chaire animale ou d'animaux vivants sont désormais interdites. Cependant, la consommation des animaux par leur éleveur est autorisée. En d'autres termes, seul le producteur est autorisé à manger sa production. Dès lors que l'élevage et la mise à mort de l'animal devaient être assurés par le client, le marché du steak s'effondra par lui-même. En revanche, les poulaillers connurent un franc succès au sein des familles possédant une petite parcelle de terrain et la consommation d'œufs devint l'une des principales sources de protéines.

— La consommation matérielle : elle englobe tous les achats non alimentaires mais tangibles tels que les vêtements, les outils, le matériel informatique et technologique, les moyens de locomotion privés et l'immobilier. C'est le secteur qui a connu la plus grande mutilation par une réduction massive de production et l'envolée des prix du neuf. Le troc constitue le moyen le plus facile et économique pour se procurer des biens. Le marché de l'occasion est florissant et les métiers du recyclage et de la réparation sont des secteurs en pleine évolution grâce à leur faible coût imposé par la carte. L'UNIME est devenue une école aux multiples filiales qui émergent à travers toute la coalition et se spécialisent selon les dynamiques de productions régionales.

— La consommation énergétique : elle concerne l'énergie du domicile mais aussi de toutes les activités extérieures. Le pétrole n'étant plus une denrée accessible et le nucléaire étant devenu une source beaucoup trop dangereuse avec les variations climatiques, l'hydrogène et les éléments tels que le vent, le soleil et l'eau sont devenus les nouveaux moteurs de l'humanité grâce à une décroissance massive. Un investissement conséquent a également été apporté au développement de la géothermie, qui puise sa source de la chaleur interne du globe terrestre. Chaque foyer se voit attribuer un voltage prédéfini par semaine et un nombre de points « déplacements » à répartir entre les différents moyens de locomotion, les transports en commun à énergie verte proposant le coût consommation le plus faible. En ce qui concerne l'isolation des logements, le gouvernement s'est engagé à construire des bâtiments protégés par de la laine de bois, matériau reconnu comme le plus efficace et le plus facile à produire pour lutter contre la chaleur. Afin d'optimiser davantage le projet, aucune fenêtre ni ouverture ne sont exposées au sud et toutes les toitures sont recouvertes d'une peinture d'un blanc immaculé, afin de refléter davantage les rayons du soleil.

– Le rejet CO2 : en opposition avec les trois autres catégories, celle-ci est en lien avec ce que le citoyen produit comme gaz à effet de serre. Chaque activité, déplacement, achat et utilisation quelconque, produit obligatoirement une pollution. Le consommateur doit être conscient de son impact réel et se voit ainsi attribuer un seuil par semaine à ne pas dépasser qui permet de limiter ses conséquences sur ses congénères humains et non humains.

Ces quatre curseurs sont variables en fonction des taux de production, des taux de CO2 enregistrés dans l'atmosphère et du taux de disponibilité des biens. Le citoyen peut également lui-même modifier son nombre de points dans chaque catégorie en fonction de ses besoins, en compensant par une autre ou bien par la vente ou l'échange des points non consommés avec un autre citoyen.

La régularisation de ce système est protégée par l'adoption du NST comme devise officielle. En effet, la numérisation monétaire permet de suivre la traçabilité de chaque échange sur la blockchain.

En ce qui concerne les soins médicaux, leur accès est dorénavant gratuit et accessible à tous, sous réserve de la responsabilité individuelle. Cela signifie que la gratuité n'est assurée uniquement dans le cadre d'un suivi de contrôle régulier, afin de limiter l'impact de la négligence personnelle sur les finances publiques. Un accompagnement psychologique personnalisé est proposé tout au long de leur parcours afin d'aider les individus à se reconstruire après les drames vécus.

Au niveau scolaire, l'école est obligatoire et gratuite pour tous les enfants jusqu'à l'âge de 16 ans. L'absentéisme non justifié et le manque d'implication de l'enfant dans son éducation sont sanctionnés directement sur la carte consommateur du foyer familial. Cependant, après un premier cycle général lui présentant toutes les matières, l'enfant est libre de choisir les disciplines qu'il souhaite pour son deuxième et son troisième cycle. Chaque apprentissage est mis sur un pied d'égalité et l'entrée en études supérieures se fait sur dossier et entretien de motivation avec le candidat. Chaque élève peut changer de discipline ou d'études lorsqu'il le souhaite, la demande étant étudiée par un jury au cas par cas.

Démographie

Malgré une réduction massive de la population humaine terrestre, la coalition atteint sa limite pour subvenir aux exigences du mode de vie moderne préservé dans leurs frontières. La question de la surpopulation se pose toujours dans le carcan réduit des territoires viables et une régulation des naissances s'impose comme seule solution efficace. Le modèle propose d'opter pour la politique de l'enfant unique où chaque humain se voit attribuer la liberté de procréer à la hauteur d'un enfant par individu. Autrement dit, si un couple avec enfant décide de se séparer, le parent ayant déjà un enfant ne pourra pas en avoir un second, même dans un nouveau foyer. Bien sûr, les jumeaux ou triplés ne sont pas comptés dans le calcul car leur nombre reste négligeable sur l'échelle d'un pays. Si un couple déroge à la règle de l'enfant unique, il se voit retirer un nombre de points significatifs sur sa carte consommation. Cependant, l'adoption reste une option très répandue pour les familles souhaitant plusieurs enfants ou les personnes ne pouvant procréer naturellement, les accueillants devant seulement répondre aux critères de bien-être et de capacité pour l'élever dans les meilleures conditions.

La population diminue ainsi progressivement dans l'objectif d'atteindre son point d'équilibre.

Limites

Envers et contre toutes les résolutions pour réinventer une société humaine durable, l'Homme ne cessera de rester fidèle à sa nature profonde.

Bien que NS Project rassemble toujours la majorité des voix électorales depuis le Basculement, des contre-pouvoirs commencent à éclore au sein des populations natives des régions les plus épargnées par les événements climatiques. Moins concernés par les tragédies de leurs pairs et revendiquant leurs libertés individuelles, ils ne souhaitent pas se plier au consensus global et proposent d'adoucir les mesures liberticides et de briser la bien-pensance imposée par le gouvernement.

Pour l'instant peu représentatives, quelques listes électorales d'opposition apparaissent dans les extrémités de la sphère politique.

Les jeunes gens en quête d'une descendance génétique se lancent très tôt dans l'aventure de la parentalité de peur d'être sur la touche s'ils ne trouvent pas de partenaire assez vite. D'autres, n'ayant jamais construit de foyer, monnayent leur droit à la descendance avec les retardataires remplis de remords contre une somme non négligeable de NST.

Les points de consommation deviennent le théâtre d'un business pour les plus dépensiers et quelques figures emblématiques de l'industrialisation. Ils apparaissent dans des articles de presse à scandale les accusant de se déplacer régulièrement en avion privé ou d'acheter le dernier gadget à la mode sur le dos de quelques familles en quête d'une aide financière inespérée pour boucler les fins de mois, en échange de leurs points consommation matérielle, énergie ou CO2.

Des côtelettes et des entrecôtes se vendent à prix d'or sur le marché clandestin du darknet, à côté des sushis et du caviar.

Thèses du Dr Swann : Publication universitaire année 2023

Extrait de North Sentinel : Conclusion

Tout cela reste évidemment des hypothèses, mais cela nous donne un fil rouge pour une conduite à tenir plus responsable et en adéquation avec notre place réelle sur cette planète.

Notre société actuelle, notre technologie toujours grandissante et notre consommation démesurée ne sont plus compatibles avec la production énergétique et biochimique réelle de notre planète. Le monde humain n'est plus à la même échelle que le monde biologique. Nous vivons à crédit dans notre propre foyer, et nous cumulons toujours un peu plus de dettes.

Si notre espèce fut capable d'accomplir tous les exploits que nous lui connaissons, c'est par sa soif inébranlable de progression et sa source inépuisable de création. L'être humain, cet animal à part de tous les autres, ne sait se contenter de ce qu'il possède et répond instinctivement à sa volonté d'améliorer sa condition.

Le cycle de la civilisation humaine recommencera indéfiniment, esclave de son propre cerveau inépuisable dans sa recherche de sens, parmi un écosystème dont il souhaite à tout prix se libérer. C'est sa quête d'unicité vaine qui le mènera à sa perte.

FIN

Sommaire

Dépôt légal juin 2022

Librinova

www.librinova.com

Imprimé en France
FRHW010200071122
32656FR00004B/54

9 791040 505976